書下ろし

酔剣

闇の用心棒⑩

鳥羽 亮

祥伝社文庫

目次

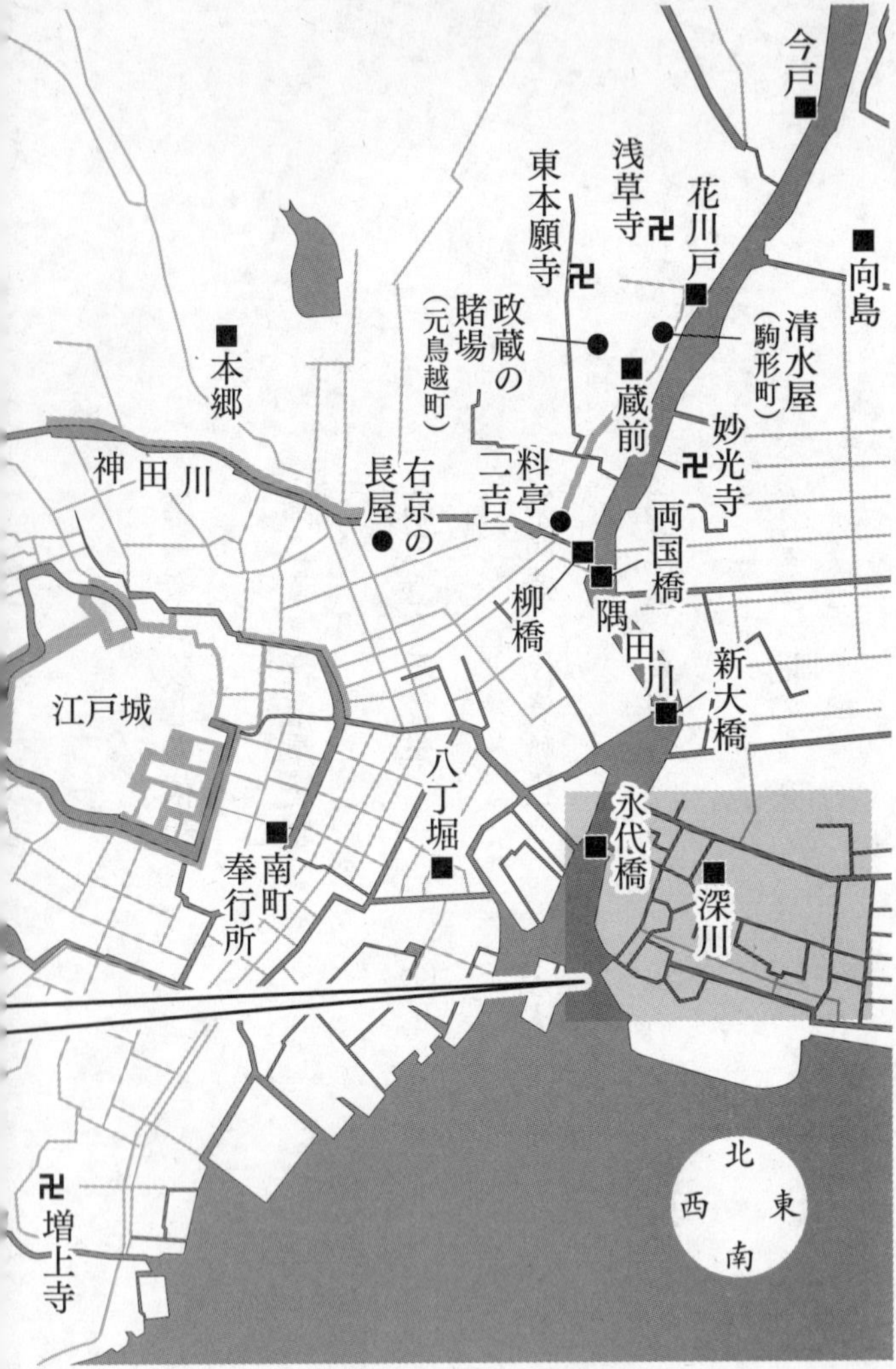

今戸
向島
花川戸
浅草寺
東本願寺
清水屋（駒形町）
政蔵の賭場（元鳥越町）
蔵前
本郷
妙光寺
料亭「一吉」
右京の長屋
神田川
両国橋
柳橋
隅田川
新大橋
江戸城
八丁堀
永代橋
南町奉行所
深川
北
東
西
南
増上寺

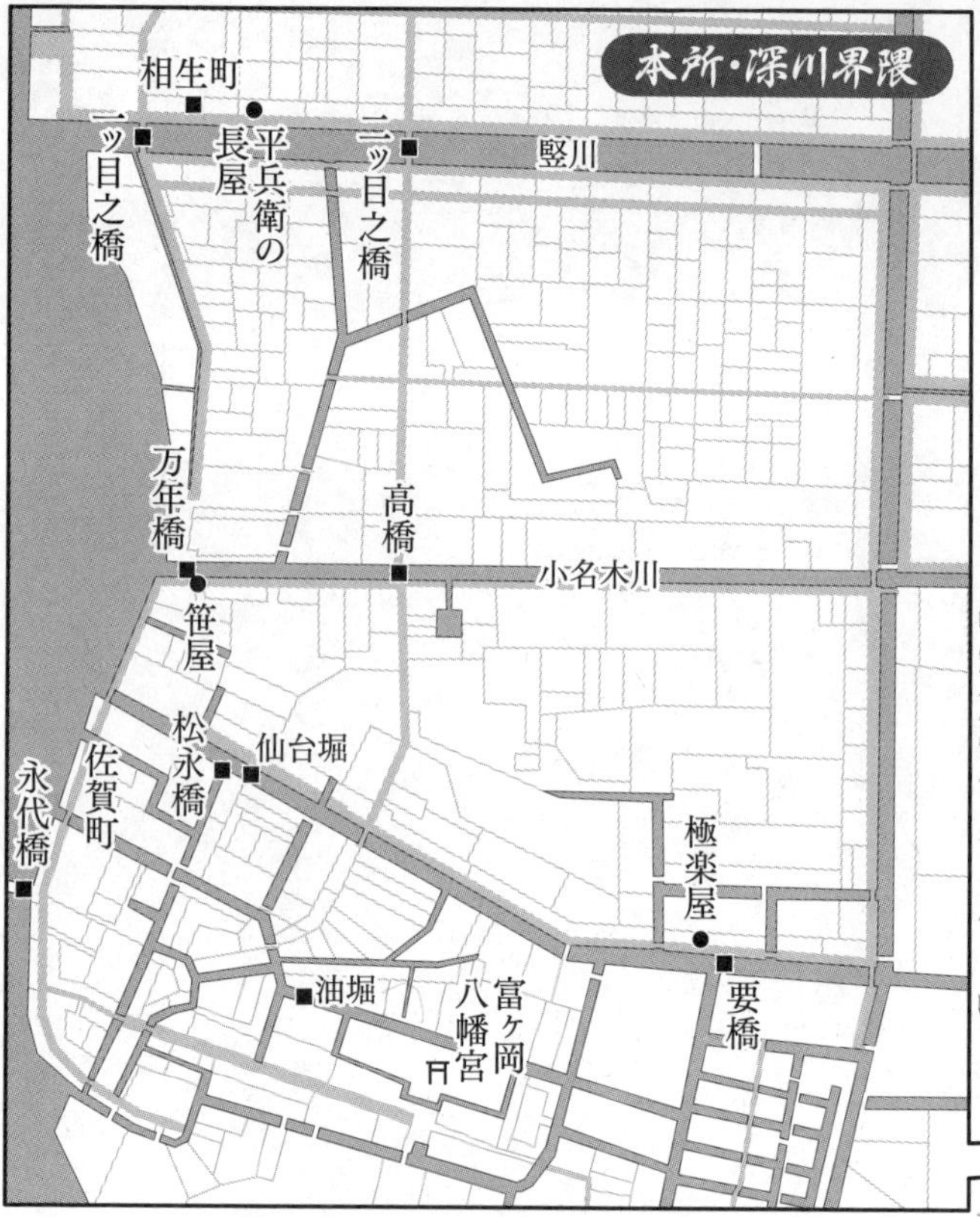
本所・深川界隈
相生町
一ッ目之橋
平兵衛の長屋
二ッ目之橋
竪川
万年橋
高橋
小名木川
笹屋
松永橋
仙台堀
佐賀町
永代橋
極楽屋
要橋
油堀
富ヶ岡八幡宮

「酔剣」の舞台

第一章　殺しの依頼

1

　辺《あた》りは夜陰《やいん》につつまれていたが、春らしいやわらかな川風が吹いていた。そこは、柳橋《やなぎばし》の大川《おおかわ》沿いの道である。

　頭上は満天の星だった。十六夜《いざよい》の月がかがやいている。

　大川の滔々《とうとう》とした流れは両国橋《りようごくばし》から遠く江戸湊《えどみなと》までつづき、深い闇のなかに呑み込まれていく。明るいうちは、猪牙舟《ちよきぶね》や荷を積んだ艀《はしけ》などが行き交《か》っているのだが、いまは船影を見ることはできない。

　黒ずんだ川面《かわも》に月光が映じ、銀色のひかりの帯がくねりながら無数の起伏を刻んでいた。暗闇のなかで起伏する無数のひかりの帯は、巨龍の鱗《うろこ》のようでもあった。

　すでに、五ツ（午後八時）を過ぎていたが、道沿いの船宿や料理屋などには灯《ひ》が点《とも》り、三味線の音や酔客の哄笑《こうしよう》などが、大川の流れの音に混じって聞こえてくる。

おとせは、大川端の道を歩いていた。下駄の音が引きずるように聞こえた。ふらふらした足取りである。

月明りに浮かび上がったおとせの面長《おもなが》の顔は青白く、目が虚《うつ》ろだった。

若い娘がひとりで夜道を歩いているだけでも異常だったが、何かに憑《つ》かれたような顔をして歩いているおとせには、声をかけるのさえはばかられるような凄愴《せいそう》さがあった。

前方から、男がふたり歩いてきた。ふたりとも、黒の半纏《はんてん》に股引《ももひき》姿だった。大工か船頭といった格好である。

ふたりは、濁声《だみごえ》で何やらしゃべりながらやってくる。酔っているらしく、ふたりの体が揺れ、足元がふらついていた。

おとせは、川岸近くに身を寄せた。ふたりの男を避けようとしたのだが、足はとめなかった。

ふたりの男は前から歩いてくるおとせに気付くと、話をやめた。夜陰をすかすようにして、おとせを見つめている。

「いい女だぜ」

色の浅黒い丸顔の男が言った。

「それに、若《わけ》え」

もうひとりの目の細い男が、舌なめずりをした。

ふたりは足をとめ、顎《あご》を突き出すようにしておとせに目をやっている。

おとせは無言だった。足もとめず、表情も変えなかった。虚ろな目をしたまま歩いている。

「姐《ねえ》ちゃん、遊んでやってもいいぜ」

丸顔の男が目尻を下げて言った。

「銭はあるぜ」

と、目の細い男。

おとせは、何も答えなかった。足をひきずるようにして、ふたりの男の脇を通り過ぎていく。

ふたりの男は路傍につっ立ったまま、おとせの横顔を見つめていた。目を剝《む》き、息を呑んでいる。ふたりは、おとせの表情や歩き方に異様なものを感じ取って、声が出なかったのだ。

おとせが遠ざかり、その姿が夜陰のなかにかすんだとき、

「かわいそうに、気がふれてるようだぜ」

と、丸顔の男が言った。

「まだ、若《わけ》えのによ。……川に嵌《は》まらなけりゃアいいがな」

目の細い男が、首をすくめた。

ふたりの男は歩きだした。すこし酔いが醒《さ》めたのか、足取りが速くなっている。

おとせは、川の岸近くを歩いていた。足元から、汀《みぎわ》の石垣に寄せる川波の音が絶え間なく聞こえてくる。

川岸に石段があった。桟橋につづいている。月明りのなかに、桟橋に舫《もや》ってある数艘の猪牙舟が見えた。川面に揺れている。

おとせは石段の前で足をとめ、一瞬、戸惑うような表情を浮かべたが、すぐに表情を消して石段を下り始めた。

桟橋に下りると、川の流れの音が轟々《ごうごう》と耳を聾《ろう》するほどに聞こえ、川風が頬に垂れた髪をなびかせた。

おとせは、桟橋の先の方へ歩いた。そして、舟の舫ってない先端に立つと、下駄を脱いで桟橋の上に置いた。

おとせは頭上の月を見上げ、

「おとっつァん、おっかさん、堪忍して……」

と、掌《て》を合わせてつぶやいた。

おとせは、掌を合わせたまま黒ずんだ川面に身を投げた。

おとせの身を呑み込んだ川面は、不気味に揺れ動いていた。猪牙舟が船縁《ふなべり》を擦《こす》り合い、ギシギシと狂喜染みた笑い声をたてている。

大川にかかる両国橋の下流、薬研堀《やげんぼり》近くに桟橋があった。大きな桟橋で、十数艘の猪牙舟が舫ってあった。その桟橋の上に、大勢の男たちが集まっていた。船頭、岡っ引き、両国橋の橋番、それに通りすがりの野次馬たちである。

集まった男たちの輪のなかに、娘がひとり横たわっていた。着物がびっしょりと濡れ、捲《めく》れ上がった裾《すそ》から、白い脛《すね》が覗いていた。濡れたざんばら髪が、白蠟《はくろう》のような顔や首筋に黒い藻のようにからまっている。

おとせだった。上流で入水《じゅすい》したおとせは、この桟橋の舫杭にひっかかったのだ。

早朝、舟を出そうとして桟橋に下りてきた船頭の吉助《きちすけ》は、女の土左衛門を目にし、他の船頭が来るのを待ってから桟橋に揚げたのである。

「身投げだな」

両国界隈《かいわい》を縄張りにしている敏造《としぞう》という岡っ引きが言った。

敏造は十手《じって》の先で死体の襟元《えりもと》をひろげ、腹が膨れているのを確認した。刃物の傷跡はどこにもない。どうみても、入水だった。

「だれか、この娘の名を知らねえかい」

敏造が集まっている男たちに目をやって訊《き》いた。

「親分、おとせですぜ」

ぼてふりらしい色の浅黒い男が言った。

「どこの娘だ」

「小伝馬町《こでんま》の倉田屋《くらたや》の娘でさァ」

「太物問屋《ふともの》か」

「へい」

「大店《おおだな》じゃァねえか」

倉田屋は、日本橋小伝馬町の表通りに店を構える太物問屋の大店だった。

「親分、留《とめ》が倉田屋に知らせに走りやした」

そう言ったのは、房吉《ふさきち》という下っ引きだった。留というのは、留助《とめすけ》という下っ引きである。

「打つ手が早《はえ》えじゃァねえか」

敏造が苦笑いを浮かべて言った。

そんなやり取りをしていると、前をあけてくれ、という男の声がひびき、桟橋に集まっていた野次馬たちが左右に割れた。

姿をあらわしたのは、倉田屋のあるじの甚右衛門《じんえもん》と番頭の伊蔵《いぞう》だった。甚右衛門は五十がらみ、大柄で丸顔、切れ長の細い目をしていた。その顔が蒼ざめてゆがみ、体が激しく震えている。

「お、おとせ……」

甚右衛門は声を震わせて娘の名を呼ぶと、死体の脇にへたり込み、娘の濡れた体を抱え上げて嗚咽《おえつ》を洩《も》らした。

2

深川吉永町《ふかがわよしながちょう》、仙台堀《せんだいぼり》にかかる要橋《かなめばし》をひとりの男が渡っていた。歳は五十三、四であろうか。まだ、老いは感じさせず、歩く姿にも覇気があった。黒の唐桟《とうざん》の羽織に細《ほそ》縞《じま》の単衣《ひとえ》、渋い路考茶《ろこうちゃ》の帯をしめていた。商家の旦那ふうである。

男の名は吉左衛門《きちざえもん》。肝煎屋《きもいりや》とかつなぎ屋と呼ばれる殺しの斡旋《あっせん》人である。表向きは、柳橋で一吉《いちよし》という料理屋をいとなんでいた。

要橋を渡った先に、三方を掘割や寺院の杜《もり》などでかこまれた寂しい地がある。そこに極楽屋《ごくらくや》と呼ばれる一膳めし屋があった。

極楽屋は奥行きの長い平屋造りで、店先に縄暖簾《なわのれん》は下がっていたが、看板も出ていなければ、提灯《ちょうちん》も下がっていない。寂しい地でもあり、縄暖簾が出ていなければ、一膳めし屋とはだれも気付かないだろう。

極楽屋とは妙な名だが、あるじの島蔵《しまぞう》が洒落《しゃれ》でつけたのである。極楽屋は一膳めし屋をいとなむかたわら、口入れ屋も兼ねていた。口入れ屋は、下男下女、中間《ちゅうげん》などの斡旋業で、桂庵《けいあん》、人宿《ひとやど》などとも呼ばれている。

極楽屋は、ただの口入れ屋ではなかった。女の斡旋はせず、男だけであった。しかも、まともな男なら嫌がる危険な普請場の日雇い、借金取り、用心棒など命をまとにする危ない仕事ばかりを斡旋した。

当然、真っ当な男は集まらない。島蔵は、働き場のない無宿人、凶状持ち、家出人、勘当された者などに仕事を斡旋していたのだ。それに、仕事の斡旋だけではなかった。島蔵は、塒《ねぐら》のないこの世から見捨てられたような男たちを、店の奥の部屋に住まわせていたのだ。極楽屋の奥行きが長いのは、男たちを住まわせる部屋が長屋のようにつづいていたからである。

吉左衛門は、極楽屋にむかって歩いていた。店の前の掘割にかかるちいさな橋を渡り、店先に近付くと、足をとめることもなく縄暖簾を分けて店内に入った。

店内は薄暗く、澱《よど》んだような空気につつまれ、煮物や汗の匂い、温気《うんき》、莨《たばこ》の煙などがたちこめていた。

土間には飯台がいくつか並べてあり、そのまわりに腰掛け替わりの空き樽《だる》が置いてあった。その空き樽に、数人の男が腰掛けて酒を飲んだり、めしを食ったりしていた。諸肌脱《もろはだぬ》ぎの男、二の腕から入墨《いれずみ》が覗いている男、頬に刀傷のある男など、いずれも一癖も二癖もありそうな連中である。

極楽屋は、ひそかに地獄屋とも呼ばれていた。真っ当な男は近付かず、悪人《ワル》の溜まり場のようになり、日中から鬼のような連中がたむろしていたからである。

「ごめんなさいよ」

吉左衛門は、店にいた男たちに声をかけ、あいている飯台の前に腰掛けた。

男たちの視線が、いっせいに吉左衛門に集まった。男たちの顔に怪訝《けげん》な表情があったが、だれも何も言わなかった。吉左衛門は場違いな感じがしたが、妙に落ち着いていたのである。

「島蔵さんは、おりますかな」

吉左衛門がおだやかな声で訊いた。

「おめえさんは、だれなんでえ」

二の腕から入墨の覗いている磯蔵《いそぞう》という男が、吉左衛門を睨《にら》むように見すえて訊いた。

「肝煎屋と言ってもらえば、分かりますよ」

吉左衛門がそう言うと、

「おお、肝煎屋の旦那じゃァねえか」

と、奥で声がした。

奥といっても、店の土間のつづきにある板場である。

姿を見せたのは、大柄な男だった。赤ら顔で、ギョロリとした牛のような大きな目をしていた。閻魔《えんま》のような顔だった。この店のあるじ、島蔵である。

島蔵は濡れた大きな手を前だれで拭《ふ》きながら近付いてきた。板場で、水を使っていたらしい。

「近くを通りかかったので、寄ってみたんですよ」

吉左衛門は目を細めて言った。

「一杯やるかい」

島蔵が、飯台の前に立ったまま訊いた。

「そうだね。一杯もらいますか」

吉左衛門は、店にいる男たちに目をやりながら言った。そうやって、島蔵に、おりいってふたりだけで話がある、と伝えたのである。

「旦那と話がある。おめえたちは、奥でやりな」

島蔵が言うと、男たちはすぐに立ち上がった。

男たちは手に手に、徳利《とっくり》や猪口《ちょこ》、肴《さかな》、めしの丼などを持って奥へむかった。奥にも、男たちが飲んだり食ったりできる座敷があったのだ。

「一杯やりながら、話を聞くか」

そう言い置くと、島蔵もいったん板場へもどった。

そして、板場を手伝っている嘉吉《かきち》といっしょに肴と酒を運んできた。肴は鰯《いわし》の煮付けとたくわんである。

「こんな肴じゃァ、旦那の口に合わねえだろうが、我慢してくんな」

島蔵が徳利を手にして言った。吉左衛門は料理屋のあるじだったのである。

「いやいや、旨《うま》そうな鰯だ」

そう言うと、吉左衛門がまた目を細めた。

ふたりで、いっとき酌み交わしてから、

「それで、仕事の話かい」

と、島蔵が切り出した。

島蔵には、もうひとつの顔があった。危ない仕事の他に、さらに命がけの仕事「殺し」をひそかに請け負っていたのである。

島蔵は、深川界隈の闇の世界で地獄の閻魔とも呼ばれていた。その顔が閻魔に似ていたこともあるが、地獄屋に集まる「殺し人」の元締めでもあったのだ。

「そうだ」

吉左衛門の顔から笑みが消えた。

「話してくれ」

「三日前、大川で娘が身を投げたのを知ってるかい」

「知らねえ」

島蔵が首を横に振った。娘の身投げなど、めずらしくもなかった。極楽屋に出入りしている連中の話題にもならなかったのだ。

「死んだのは、小伝馬町の太物問屋、倉田屋のひとり娘、おとせ……」

「それで」

島蔵が先をうながした。

「おとせは、十日ほど前に、与吉《よきち》という下働きの者を連れて浅草寺《せんそうじ》にお参りにいったらしい。その帰り、大川端を通ったとき、ふたりの男に笹藪《ささやぶ》の陰に連れ込まれて手籠《てごめ》にあった。それを悲観して、大川に身を投げたようだ」

「よくある話だ」

島蔵がギョロリとした目で吉左衛門を見つめながら、

「すると、依頼人は娘の親か」

と、訊いた。

「父親の甚右衛門だ。……おとせは手籠にされたとき、ふたりの男に、そうとう嬲《なぶ》られたらしく、その後、気がふれたようになってしまったそうだ。甚右衛門にしてみれば、娘はふたりの男に殺されたと思ったんだろう。それで、おれのところに娘の敵《かたき》を討ってくれと頼みにきたわけだ」

そこまで話すと、吉左衛門は猪口を手にしてゆっくりとかたむけた。

「娘といっしょにいた与吉という男は、どうした」

島蔵が訊いた。

「手籠にされたとき、逃げ出そうとして匕首《あいくち》で突き殺されたそうだよ」

吉左衛門は、猪口を手にしたまま言った。

「そのふたり、ただの遊び人じゃァねえな。……それで、名は分かってるのかい」

島蔵は、やり方がむごいと思ったのである。

「ひとりだけ分かっている。寅六《とらろく》だ」

娘が手籠にされているとき、もうひとりの男が呼んだ名を覚えていて、父親に話したという。

「寅六か」

島蔵は首をひねった。寅六という名に覚えがなかったのだ。

「どうだ、やってくれるか」

吉左衛門が訊いた。

「それで、殺し両は？」

「ひとり百両、ふたりで、二百両」

「いいだろう」

島蔵は、ひとり百両なら悪くないと思った。二百両は殺し人に渡す金で、他に吉左衛門と島蔵には斡旋料が入るはずだ。それに、依頼人が大店のあるじなら、まちがいなく金は入るだろう。

「それはありがたい」

吉左衛門は笑みを浮かべ、すこし冷たくなった鰯に箸《はし》を伸ばした。

3

コトッ、と土間で音がした。

安田平兵衛《やすだへいべえ》は長屋の仕事場で刀を研《と》いでいたが、手にした刀身を脇に置いて立ち上がり、屏風《びょうぶ》の上から土間に目をやった。

土間に紙片が落ちていた。投げ文である。だれか、腰高障子の破れ目から投げ込んでいったらしい。

平兵衛は本所相生町《ほんじょあいおいちょう》の庄助店《しょうすけだな》に住んでいた。棟割り長屋である。平兵衛は独《ひと》り暮らしで、生業《なりわい》は刀の研ぎ師ということになっていた。仕事場は八畳一間の一角を板張りにし、屏風でかこってあった。三畳ほどのひろさである。残りの五畳が、平兵衛の居間であり寝間であった。

平兵衛は、すでに還暦を過ぎていた。鬢《びん》や髷《まげ》には白髪《しらが》がまじり、皮膚には老人特有の肝斑《しみ》も浮いていた。

平兵衛の女房のおよしは、十年以上前に流行病《はやりやまい》で死んでいた。その後は、まゆみという娘とふたりで暮らしてきたのだが、三年ほど前に、まゆみが片桐右京《かたぎりうきょう》という牢人《ろうにん》と所帯を持って長屋を出たのである。

平兵衛は仕事場から出ると、土間へ下りて紙片を手にした。折り畳んだ紙片をひらいてみると、

……十八夜、笹《ささ》。

とだけ、記《しる》してあった。

島蔵からの殺しの依頼であった。十八は、四、五《ご》、九《く》。地獄屋の島蔵をあらわしていた。また、笹は殺しの依頼のおりによく使われる笹屋というそば屋のことである。つまり、殺しの依頼があるので、今夜、笹屋に来てくれ、という意味なのだ。笹屋のあるじは松吉《まつきち》。島蔵の息のかかった男で、殺しの相談をするとき笹屋を使うことが多かった。

……行ってみるか。

平兵衛はあまり気が進まなかったが、ともかく話を聞いてみようと思った。平兵衛は、闇の世界で「人斬り平兵衛」と恐れられた殺し人だったのである。

それから、平兵衛は一刻（二時間）ほど刀を研ぎ、暮れ六ツ（午後六時）ちかくなって、戸口を出た。

「旦那、お出かけかい」

後ろから、女の声がした。

長屋の斜《はす》向かいにすむおしげである。おしげも寡婦《かふ》で、長屋の独り住まいである。おまきという娘とふたりで暮らしていたのだが、おまきが小体《こてい》な下駄屋に嫁《とつ》いで、おしげは独りになってしまったのだ。

おしげは独り暮らしの寂しさと、境遇が平兵衛と似ていたこともあって、何かに事寄せては平兵衛の家によく顔を出すのだ。

「ああ、仕事の話があってな」

こう言っておけば、研ぎ師の仕事と思うだろう。

「おそくなるのかい。……夕めしに、煮染《にしめ》でも持っていこうか」

おしげは男やもめの平兵衛に気を使って、煮染や漬物、めしの残りなどをときおりとどけてくれた。

「今日は、遅くなるかもしれんのでな、明日にしてくれんか」

おしげの作る煮染はうまかった。できれば、明日の菜《さい》にしたかったのだ。

「いいよ。あすの朝、持っていくからね」

「ありがたい」

そう言って、平兵衛はおしげに背をむけた。

平兵衛は竪川《たてかわ》にかかる一ツ目橋《ひとつめばし》を渡り、大川端沿いの道を川下にむかって歩いた。その道は、小名木川《おなぎがわ》にかかる万年橋《まんねんばし》に突き当たる。笹屋は万年橋のたもとにあったのだ。

平兵衛が笹屋の暖簾をくぐると、

「いらっしゃい、みなさん、お待ちですよ」

と、女中のお峰《みね》が声をかけた。

お峰は、平兵衛が腕の立つ殺し人などと思ってもみなかった。平兵衛や島蔵たちは俳句好きで、句会の打ち合わせのために笹屋に集まることになっていた。それに、平兵衛は、だれが見ても頼りなさげな老爺《ろうや》で、殺し人などとはほど遠い風貌の主である。

平兵衛はお峰に案内され、二階の座敷の障子をあけた。六人の男が座し、膝先に酒《しゅ》肴《こう》の膳が並んでいた。

六人の男は、元締めの島蔵。殺し人の三人、牢人の片桐右京、町医者ふうの朴念《ぼくねん》、屋根葺《ふ》き職人の孫八《まごはち》。手引き人のふたり、嘉吉と俊造《しゅんぞう》である。

朴念は頭を丸め、黄八丈の小袖に黒羽織という格好である。ふだんは、道服のような衣装をつけている。手甲鈎《てっこうかぎ》の名手である。三十がらみ、巨漢の主で、全身が鋼《はがね》のような筋肉でおおわれていた。怪物のような風体をしているが、女子供にさえ怖がられるようなことはなかった。ひょうきんな顔付きのせいである。丸顔で糸のような細い目をし、小鼻の張った大きな鼻をしている。そして、いつもニタニタ笑っているのだ。

孫八は四十半ば、匕首を巧《たく》みに遣う。動きが敏捷《びんしょう》で、仕事がら屋敷への侵入などにも長《た》けていたので、殺し人と手引き人も兼ねていた。

手引き人の嘉吉と俊造は、尾行や屋敷内の侵入などに長けていた。手引き人は殺し人と組んで、狙った相手の動向を探ったり、塒をつかんだりする。殺し人が手を下しやすいように手引きをする役である。

「安田の旦那、ここに」

島蔵があいている座布団に手をむけた。すでに、酒肴の膳も用意してある。島蔵は元締めだったが、平兵衛のことを旦那と呼んでいた。平兵衛は武士だし、それに年上だったからである。

平兵衛が座布団に腰を落とし、いっとき喉を潤《うるお》してから、

「今日は、仕事の話だ」

と、声を落として切り出した。

「でかい話ですかい」

朴念は身を乗り出すようにして訊いた。丸めた頭が、酒気で赭黒《あかぐろ》く染まっている。茹《ゆ》でた大蛸《おおだこ》のような頭である。

「たいした相手ではないが、ふたりでな。ちかごろ仕事がないので、みんなに集まってもらったわけだ」

島蔵が猪口を手にしたまま言った。島蔵は殺し人たちの懐具合を心配して、殺し人のみんなに声をかけたらしい。

「相手は侍か」

朴念が訊いた。

「ふたりとも町人だ。……倉田屋の娘が大川に身を投げたのだが、依頼人はその父親の甚右衛門だ」

そう言って、島蔵は吉左衛門から受けた殺しの依頼の子細を話した。

「ふたりの名は？」

右京が抑揚《よくよう》のない声で訊いた。

「ひとりは寅六。もうひとりは、分からねえ」

「まず、ふたりをつきとめることから始めるわけか」

手引き人の俊造が言った。

「そういうことになるが、まァ、浅草界隈の遊び人や地まわりを当たれば、寅六は分かるだろうよ。寅六が分かれば、もうひとりも手繰《たぐ》れるはずだ」

島蔵が一同に視線をめぐらせて言った。

「それで、殺し料は」

朴念が身を乗り出した。すでに、やる気になっているようだ。

「ひとり百両、いつものように前金は五十だ」

殺しの場合、前金として半額渡し、残りは仕事を終えてから渡されることになっていた。

「おれは、やるぜ。ちかごろ仕事がねえんで、干上《ひあ》がりそうだからな」

すぐに、朴念が言った。

つづいて口をひらく者がなく、座は沈黙につつまれたが、

「おれも、やろう」

と、右京が言った。

平兵衛は黙っていた。

引き受ける者がいれば、平兵衛は遠慮しようと思っていた。年寄りひとりの暮らしは、あまり金もかからなかったし、多少は研ぎの仕事もあったのである。

「それじゃァ、片桐の旦那と朴念さんに頼みますぜ」

島蔵は念を押すように言った。

手引きとして嘉吉が右京と組み、俊造は朴念と組むことになった。

「さァ、仕事の話はこれまでだ。みんな、飲んでくれ」

島蔵が声を大きくして言った。

4

「まゆみ、行ってくるぞ」

右京は土間に立つと、まゆみから渡された刀を腰に差した。

今日、右京はまゆみに下谷《したや》の旗本屋敷に剣術の出稽古《でげいこ》に行くと言ってあったが、その実、嘉吉とふたりで浅草界隈に殺しの相手を探りに行くことになっていたのだ。

右京とまゆみは、神田岩本町《かんだいわもとちよう》の長兵衛店《ちようべえだな》に住んでいた。右京は牢人だったが、御家人の冷や飯食いで、実家の合力と剣術の出稽古の謝礼で食っていることになっていた。右京は鏡新明智流《きようしんめいちりゆう》の遣い手だったのである。

「右京さま、今日の夕餉《ゆうげ》に根深汁《ねぶかじる》を作っておきますからね」

まゆみが、甘えるような声で言った。右京は、根深汁が好物だったのである。

まゆみと右京が所帯を持って三年ほど経《た》つが、子供がいないせいもあって、ふたりの暮らしぶりは所帯を持ったころと変わらなかった。右京に対する呼び方も、旦那さまではなく、所帯を持つ前と同じ右京さまである。

まゆみは新妻らしく鉄漿《かね》をつけ、うすく紅を引いていた。赤襷《あかだすき》で袖を絞り、前だれをかけている。

「夕餉までには帰ってくる」

そう言い置いて、右京は戸口から出た。

晴天だった。陽はだいぶ高かった。すでに、五ツ（午前八時）を過ぎているだろう。右京は足を速めた。五ツごろ、神田川にかかる新シ橋《あたらしばし》のたもとで嘉吉が待っていることになっていたのだ。

新シ橋のたもとに、嘉吉が立っていた。右京が来るのを待っている。

右京は小走りに近寄り、

「待たせてしまったな」

と、声をかけた。

「いえ、あっしも来たばかりで」

「行くか」

「へい」

ふたりは新シ橋を渡って神田川沿いを歩き、千住《せんじゅ》街道へ出た。

まず、ふたりはおとせが襲われたという諏訪町《すわちょう》の大川沿いの道を歩いて話を聞いてみることにした。

大川端に出た右京は、川沿いに船宿があるのを目にし、

「嘉吉、ふたりで聞きまわるより、別々に歩いた方が埒《らち》が明くだろう。一刻（二時間）ほどしたら、この船宿の前にもどることにしようではないか」

と、足をとめて言った。

「ようがす」

ふたりは、その場で別れた。

嘉吉は川下にむかって聞き込み、右京は川上にむかって歩くことにした。

ひとりになった右京は川沿いの道を歩き、小料理屋、一膳めし屋、飲み屋などを探した。おそらく、寅六は遊び人か地まわりの類《たぐい》だろうと見当をつけ、そうした店の者の方が噂を耳にしているだろうと踏んだのだ。

「あの一膳めし屋で、訊いてみるか」

右京は、川沿いに一膳めし屋があるのを目にとめた。

さっそく店に入り、親爺に、寅六の名を出して訊いてみたが、親爺は知らないらしく、首を横に振っただけである。

右京は二町ほど歩き、今度は縄暖簾を出した飲み屋をみつけて店に入った。まだ、客はいなかった。奥で話し声がしたので、声をかけると、五十がらみと思われる色の浅黒い丸顔の親爺が顔を出し、

「何か、ご用ですかい」

と、怪訝な顔をして訊いた。

右京はまだ若く、端整な顔立ちをしていた。牢人ではなく、御家人ふうの格好である。親爺には、右京が昼間から飲み屋に来る客とも思えなかったのであろう。

「つかぬことを訊くが、寅六という男を知っているか」

右京は寅六の名を出した。

「さァ……」

親爺は首をひねった。まだ、怪訝な顔をしている。右京が何を訊こうとしているのか、分からなかったからであろう。

「寅六は、この辺りに住む遊び人だ。実は、おれの妹が言い寄られて困っている。おれから寅六に、妹から手を引くよう言っておくつもりなのだ」

右京がもっともらしく言った。寅六がこの辺りに住んでいるかどうか分からなかったし、遊び人というのも右京の推測だった。

「ああ、花川戸《はなかわど》の寅六か」

親爺が言った。思い出したようである。

「知っているのか」

「ですが、旦那、知ってるのは名だけでして」

親爺によると、店の客が噂してたのを聞いただけだという。

「いま、花川戸の寅六と言ったではないか」

「寅六が、そう呼ばれてるらしいんでさァ」

親爺によると、寅六の生まれ育ったところが、花川戸町なので、そう呼ばれているのではないかという。

　花川戸町は浅草寺の東側で、大川沿いにひろがっている。

　右京はさらに親爺に訊いたが、首を横に振るばかりだった。それ以上のことは知らないらしい。

「邪魔したな」

　右京は飲み屋から出ると、小料理屋や一膳めし屋など何軒かまわって話を聞いたが、それ以上のことは分からなかった。

　嘉吉と別れて一刻ほど経ったので船宿の前にもどると、嘉吉が川岸に立って待っていた。

「どうだ、そばでも食いながら話さないか」

　右京が言った。すでに、九ツ（正午）は過ぎていた。右京は腹がすいていたが、歩きまわったので喉も渇いていたのだ。

「ありがてえ。この先に、手頃なそば屋がありやしたぜ」

　嘉吉が大川の川下を指差した。

「その店に行こう」

　ふたりは川下にむかって歩いた。

5

繁田屋《しげたや》というそば屋だった。大きな店で、追い込みの座敷の奥には馴染《なじ》み客をいれる座敷もあるようだった。

右京と嘉吉は、追い込みの座敷の隅に腰を下ろした。数人の客がいて、そばをたぐったり、酒を飲んだりしている。

右京が、注文を訊きにきた小女《こおんな》に酒とそばを頼んだ。右京も嘉吉も酒はそれほど好きではなかったが、喉が渇いていたので頼んだのである。

右京たちは酒で喉を潤し、一息ついたところで、

「それで、何か知れたか」

と、右京が訊いた。

「花川戸の寅六と呼ばれてるそうでさァ」

嘉吉が言った。

「おれも、そのことは聞いているが、寅六の塒は、花川戸町にあるのかな」

肝心なのは、いまの塒である。

「いまは、花川戸にいねえようですぜ。若《わけ》えときに、花川戸は出たらしい」

嘉吉によると、寅六のいまの塒は聞き出せなかったという。

「うむ……」

右京は口をつぐんで、とどいたそばを口にした。

嘉吉も、黙したまま箸を動かしている。

「旦那、腹ごしらえをしたら、花川戸町へ行ってみやすか。花川戸に住んでるやつなら、寅六の塒を知ってるかもしれやせんぜ」

嘉吉が、箸を手にしたまま言った。

「そうだな」

右京も、花川戸町の住人なら寅六の塒を知っているのではないかと思った。

ふたりはそば屋を出ると、ふたたび大川端を川上にむかって歩いた。

花川戸町に入ると、ふたりはまた別々になり、一刻ほどしたら、吾妻橋《あずまばし》のたもとにもどることを約して別れた。

右京と嘉吉は一刻ほど歩きまわったが、寅六の塒は聞き出せなかった。ただ、無駄骨ではなかった。右京が立ち寄った小料理屋の女将《おかみ》が、

「寅六なら、東仲町《ひがしなかちょう》で暮らしてるって聞きましたよ」

と、教えてくれたのだ。女将によると、一年ほど前、寅六が酒を飲みに女将の店に立ち寄って話したという。

浅草東仲町は、浅草寺の前にひろがる賑やかな町である。

「今日は、もう遅い。明日、出直そう」

右京たちは、花川戸町から東仲町にはまわらず、そのまま来た道を引き返した。

翌日、右京と嘉吉は東仲町に足を運んできた。浅草寺前の賑やかな通りを歩いて聞き込み、寅六がよく出入りしているという飲み屋を見つけた。

飲み屋の親爺に袖の下を握らせて寅六の塒を訊くと、田原町《たわらまち》の東本願寺《ひがしほんがんじ》の裏門近くにある長屋だという。

「長屋の名は分かるか」

右京が念を押すように訊いた。

「たしか、仁蔵《にぞう》長屋だったはずで」

親爺が答えた。

「すまねえが、寅六の年格好と顔付きを話してくれねえか」

嘉吉が脇から訊いた。

右京たちは、寅六という名は聞いていたが、人相風体は聞いていなかった。仁蔵長屋に寅六がいるかどうか確かめるために、人相風体を聞いておく必要があったのである。

親爺によると、寅六は三十がらみで、痩《や》せているという。顔は面長《おもなが》で、鼻の脇に小豆粒《あずき》ほどの黒子《ほくろ》があるそうだ。

「親爺、邪魔したな」

そう言い置いて、右京たちは飲み屋を出た。それだけ分かれば、寅六かどうか見極められるはずである。

右京と嘉吉は、すぐに田原町にむかった。仁蔵長屋はすぐに分かった。東本願寺の裏門近くに、長屋はひとつしかなかったのである。

長屋につづく路地木戸の脇に煮染屋があった。念のため、店から出てきた長屋の女房らしい女に寅六のことを訊くと、

「寅六なら、うちの長屋にいますよ」

と言って、顔に嫌悪《けんお》の色を浮かべた。女房によると、寅六は働きにもいかず朝からぶらぶらしているので、長屋の鼻っ摘《つま》み者だという。

「寅六とつるんで遊んでる男を知らねえか」

嘉吉は、おとせを手籠にしたもうひとりの男のことを聞き出そうとしたのだ。

「そこまでは、知らないね」

女房は、あたしも、忙しいんでね、と言い残し、足早に長屋の路地木戸をくぐった。

「どうしやす」

嘉吉が訊いた。

「寅六が、この長屋にいるのはまちがいないようだ。……一度、極楽屋に行って朴念たちと、どうするか相談しよう。朴念たちが、どこまでつかんだか確かめてから寅六を始末しても遅くない」

右京は、朴念たちも何かつかんでいるのではないかと思った。

その日、右京と嘉吉は極楽屋にまわり、朴念たちと顔を合わせた。そして、店の奥の座敷で、島蔵もくわえてこれまで探り出したことをお互いに話した。

嘉吉の話を聞いた朴念が、

「早《はえ》えな」

と言って、驚いたような顔をした。

朴念たちも、寅六が浅草寺界隈に住んでいるらしいことはつきとめていたが、塒が仁蔵長屋であることまでは知らなかった。

「それで、どうする。寅六を押さえて、口を割らせるか」

島蔵が、右京と朴念に目をむけて訊いた。

「まだ、早いな。寅六が姿を消すと、もうひとりも姿を消すかもしれん」

右京は、寅六をしばらく尾行し、もうひとりの男の名と塒が分かってから、寅六を始末すればいい、と話した。

「そうだな」

朴念も承知した。

寅六の尾行は、嘉吉と俊造のふたりでやることになった。尾行は右京たちより嘉吉たちの方が長けていたのである。

その日の話は、それだけで終わった。

「今日は、極楽屋の酒を飲んでくれ」

島蔵が、機嫌よく言った。

それから、数日過ぎた。嘉吉と俊造が寅六を執拗《しつよう》に尾行し、もうひとりの男の名と塒をつかんできた。男は浅草寺界隈を縄張にしている博奕打《ばくち》ちだった。名は浅次郎《あさじろう》。塒は、田原町に近い浅草阿部川町《あべかわちよう》の松五郎《まつごろう》店だった。古い棟割り長屋である。

「片桐さんたちが、寅六の塒をつかんだのだ。先に、寅六を殺ってくれ」

と、朴念が言い出した。

「いいだろう」

右京は、寅六でも浅次郎でもよかったのだ。

6

その日、右京と嘉吉は、東本願寺の裏門近くにある清光寺《せいこうじ》という小刹《こさつ》の山門の陰にいた。そこに身を隠して、仁蔵長屋につづく路地木戸から寅六が出てくるのを待っていたのである。

陽は西の空にまわっていた。七ツ（午後四時）ごろであろうか。右京たちがその場に身をひそめて半刻（一時間）ほど経つが、寅六はまだ姿を見せなかった。

右京たちが極楽屋で朴念たちと打ち合わせてから、五日経っていた。この間、嘉吉が仁蔵長屋の近くで聞き込み、寅六は陽が沈むころになると、長屋を出ることが多いことをつかんできた。寅六は阿部川町にある馴染みの飲み屋か、元鳥越町《もととりごえちょう》にある賭場へ行くらしい。

それからさらに半刻ほど過ぎ、陽が家並の向こうに沈んだ。西の空が、茜《あかね》色の残照に染まっている。町筋はまだ明るかったが、寺の築地塀《ついじ》の陰や樹陰などには淡い夕闇が忍び寄っていた。

「旦那、出て来やしたぜ」

嘉吉が声を殺して言った。

路地木戸から男がひとり、通りに出てきた。格子縞《こうしじま》の着物を裾高に尻《しり》っ端《ぱし》折《よ》りし、両脛をあらわにしていた。痩身で、面長だった。男は肩を振るようにして、右京たちのひそんでいる山門の方へ近付いてくる。

「鼻の脇に、黒子がある」

嘉吉が目を見開いて言った。

「寅六にまちがいない」

右京たちは、寅六の鼻の脇に黒子があると聞いていたのだ。

寅六は右京たちの前を通り過ぎると、別の寺の築地塀の角を右手に折れた。そこは東本願寺の門前につづく通りである。

「尾《つ》けよう」

右京たちは山門の陰から通りに出た。

築地塀の角をまがると、東本願寺の表門の前を歩いていく寅六の姿が見えた。右京たちは寅六との間をつめた。門前通りは人通りが多く、間をつめても気付かれる恐れがなかったのである。

寅六は新堀川《しんぼりがわ》にかかる橋を渡るとすぐ、左手におれた。川沿いの道を阿部川町へむかって歩いていく。その道は、阿部川町からさらに元鳥越町につづいていた。寅六は馴染みの飲み屋か賭場に行くらしい。

右京たちも、橋のたもとを左手におれて寅六の跡を尾けた。新堀川沿いの道は、ちらほら人影があって仕掛けられなかったのだ。

寅六は阿部川町を通り抜け、その先へむかった。

「旦那、賭場ですぜ」

嘉吉が小声で言った。

寅六は阿部川町の馴染みの飲み屋に立ち寄らないので、元鳥越町の賭場へむかったとみていいだろう。

「先まわりして、待ち伏せよう」

新堀川沿いの道は小体な武家屋敷のつづく地を抜け、門前町へとつづいている。門前町に入る手前を右におれた先が元鳥越町である。

元鳥越町に入る手前に、人家のとぎれた寂しい地があった。空き地や笹藪などがひろがっている。右京たちは、その寂しい地なら人の目を気にせずに殺しを仕掛けられると踏んでいたのだ。

右京たちは新堀川にかかる橋を渡り、いったん川の反対側に出てから小走りになり、寅六を追い越した。そして、ふたたび別の橋を渡って寅六の前へ出た。

「旦那、やつが来やすぜ」

嘉吉が背後に目をやって言った。

見ると、通りの先に寅六の姿がちいさく見えた。こちらに歩いてくる。

右京は空き地が笹藪などでおおわれた寂しい地に出ると、笹藪の陰に身を隠した。嘉吉はすこし離れた灌木《かんぼく》の陰にまわった。念のために、嘉吉は寅六の背後にまわり込み、逃げ道をふさぐ手筈《てはず》になっていたのだ。

暮れ六ツ（午後六時）過ぎ、辺りは淡い夕闇に染まっていた。通りに人影はなかった。寅六が、肩を振るようにして近付いてくる。

寅六の姿が十間ほどに迫ったとき、右京は笹藪の陰から通りへ出た。ザザッ、と笹藪を分ける音が辺りにひびいた。

寅六が、ギョッとしたように身を竦《すく》ませた。

「だ、だれだ！　てめえは」

寅六が目を剝いて誰何《すいか》した。右京を見て、辻斬りとでも思ったのかもしれない。

右京は無言だった。夕闇のなかに、表情のない顔が浮かび上がっている。右京は歩を寄せざま、抜刀した。

「おれを、斬るのか！」

寅六の顔が恐怖にゆがんだ。

右京は八相《はっそう》に構えると、いきなり疾走《しっそう》した。

ヒイッ、と寅六が喉のつまったような悲鳴を上げて反転した。

右京の刀身が、夕闇のなかをすべるように迫っていく。

駆けだそうとした寅六の足が、ふいにとまった。匕首を手にして身構えている嘉吉が、眼前に迫っていたのだ。

「ち、ちくしょう！」

寅六は懐に呑んでいた匕首を抜いた。

そこへ、右京の八相からの一颯《いっさつ》が入った。

にぶい骨音がし、寅六の首が横にかしいだ。次の瞬間、寅六の首根から驟雨《しゅうう》のように血が飛び散った。右京の斬撃が、寅六の首根に入り、頸骨《けいこつ》を截断《せつだん》したのだ。

ゆらっ、と寅六の体が揺れた。

寅六は首根から血を撒《ま》き散らしながらよろめき、腰から沈むように転倒した。仰向けに倒れた寅六の首筋からかすかに喘鳴《ぜんめい》のような音が聞こえてきたが、すぐに途絶えた。悲鳴も呻き声も聞こえなかった。首筋から流れ落ちる血の音が、妙に生々しく聞こえてくる。

右京は血振《ちぶ》り（刀身を振って血を切る）をくれると、静かに納刀した。右京の白皙《はくせき》が斬殺の気の昂《たかぶ》りでかすかに朱を帯《お》びたが、それもすぐに消え、いつもの表情のない顔にもどっていく。

「旦那、やりやしたね」

嘉吉が近寄って声をかけた。

「たあいもない」

「死骸《ほとけ》はどうしやす」

嘉吉が寅六の死体に目を落として訊いた。

「このままでいいだろう。……長居は無用だ」

右京は、足早に来た道をもどり始めた。嘉吉が慌てて後を追う。

ふたりの去った路傍に、血まみれになった寅六が横たわっていた。血の濃臭が、夕闇のなかにただよっている。

7

半方《はんかた》ないか、半方ないか、半方、半方……。

賭場に、宰領《さいりよう》役の中盆《なかぼん》のしゃがれ声がひびいている。

中盆が、半方に座した客たちに駒を張るよううながしているのだ。丁半博奕は、半方と丁方の駒がそろわないと勝負ができないのである。

浅草元鳥越町にある賭場だった。盆茣蓙《ぼんござ》をかこんで、三十人ほどの客が座っていた。いずれも血走った目をし、壺振の手にした壺を見つめている。

賭場のなかには男たちの熱気と莨《たばこ》の煙が充満し、よどんだような空気がつつんでいた。

その賭場の隣の座敷に、大柄な男が座していた。長火鉢を前にして、莨を吸っている。

代貸の政蔵《まさぞう》だった。黒羽織に棒縞《ぼうじま》の小袖、長い煙管《きせる》を手にしている。歳は四十がらみ。眉が濃く、頤《おとがい》の張った剽悍《ひようかん》そうな顔をしていた。背中に般若《はんにや》の入墨を彫っていることから、般若の政蔵と呼ばれている。

「利根吉《とねきち》、浅次郎を呼んでくれ」

政蔵が、脇にひかえていた若い利根吉に指示した。

「へい」

利根吉はすぐに腰を上げ、盆茣蓙の丁方に座っている客たちに近付いた。そして、盆茣蓙の隅にいた男に身を寄せて耳打ちした。

立ち上がったのは、二十四、五とおもわれる、痩せた男だった。色白で面長、目の細いのっぺりした面貌《おもて》である。この男が浅次郎だった。

浅次郎は政蔵の脇に来ると、

「なにか、用ですかい」

と、小声で訊いた。黒ずんだ唇の端に、薄笑いが浮いている。

「そこに、座ってくれ」

そう言うと、政蔵は煙管の雁首《がんくび》を長火鉢の隅でたたいて吸い殻を落とした。

政蔵は、浅次郎が脇に膝を折るのを待ってから、

「おめえ、寅六が殺られたのを知ってるかい」

と、くぐもった声で訊いた。

「聞いてるぜ」

浅次郎の口元に残っていた薄笑いが消えた。

「殺られたのは昨夜《ゆうべ》らしい」

「……」

「おれは、死骸《おろく》の傷を見たがな、刀傷だったぜ」

政蔵が、浅次郎を見すえて言った。

「刀傷な」

「後ろから、バッサリだ」

「辻斬りにでも、殺られたかな」

「そうじゃアねえ。……あんな寂しい場所に、辻斬りは立たねえ。追剝《おいは》ぎでもねえ。寅六の懐に、巾着《きんちゃく》が残っていたからな」

政蔵は、雁首に莨をつめ始めた。

「寅六のやつ、喧嘩《けんか》でもしたかな」

「菅谷《すがや》の旦那に聞いたんだがな、寅六を斬った男は、おそろしく腕が立つそうだ。背後から、一太刀《ひとたち》で仕留めたようだ」

政蔵が口にした菅谷市兵衛《いちべえ》は、政蔵の賭場の用心棒だった。菅谷も政蔵といっしょに寅六の死体を見たのである。

「腕の立つ侍か」

浅次郎の口元から薄笑いが消えた。

「まァ、そうだ。……おめえ、何か心当たりはねえのか」

政蔵が訊いた。

「ねえ」

浅次郎が首をひねった。

「寅六は、だれかに恨まれてたんじゃァねえのか」

そう言って、政蔵は煙管をくわえると、首を伸ばして、長火鉢の炭火で吸いつけた。

「侍に恨まれているような話は、聞いてなかったな」

浅次郎の細い目が、薄くひかっている。

「おめえ、寅六とふたりで倉田屋の娘を手籠にしたことがあったな」

「酔った勢いで、やっちまったのよ」

浅次郎の口元に、また薄笑いが浮いた。

「その娘が大川に飛び込んだそうだ」

政蔵の手にした煙管から白煙が立ち上っている。

「もったいねえことしたよ。……死ぬ前《めえ》に、もっと可愛がってやればよかった」

浅次郎が、歯を覗かせて卑猥《ひわい》な笑いを浮かべた。

「娘の親が、栈橋に揚がった娘の体を抱いて泣いたそうだ。……そんとき、娘の敵を討ってやりたいと口走ったのを、栈橋にいた船頭が聞いたらしい」

「倉田屋のあるじが、寅六を殺ったというのか」

ふいに、浅次郎が目をつり上げた。

「そんなことを言っちゃァいねえ。倉田屋のあるじが、刀をふりまわすわけがねえだろう。……だが、倉田屋のあるじは金を持っている」

政蔵が浅次郎を睨むように見すえて言った。顔が赭黒く染まり、顔に賭場の代貸らしい凄《すご》みがくわわった。

「金は持ってるだろうよ」

「江戸には、金ずくで殺しを引き受けるやつもいる」

「殺し人か」

「まァ、そうだ。……倉田屋が殺し人に頼んだとすれば、腑《ふ》に落ちる」

「……！」

浅次郎の目が、さらにつり上がった。のっぺりした顔に朱が差し、頬がピクピクと震えだした。この男は、癇癖《かんぺき》なのかもしれない。

「倉田屋が殺し人を頼んだとすれば、どうなる？　次は、浅次郎、おめえということになりゃァしねえかい」

政蔵が浅次郎を見すえて言った。

「ちくしょう！　倉田屋のやろう、おれがたたっ殺してやる」

浅次郎が甲走《かん》った声を上げた。

「浅次郎、倉田屋を殺ったって、請け負った殺し人は手を引かねえぜ。それが、殺し人の掟《おきて》だ。……殺し人を殺るか、おめえが江戸から姿を消すか、どっちかだ」

政蔵が重い声で言った。

「おれは、江戸から出ねえぜ」

「となれば、殺し人を始末するしかねえ」

「殺し人は、だれか分かるのか」

浅次郎が訊いた。

「分からねえが、深川に腕の立つ殺し人がいると聞いた覚えがある。……深川を探れば、分かるだろうよ」

「代貸、殺し人をつきとめてくれ。相手が分かりゃァ、菅谷の旦那に頼む手もある」

浅次郎が身を乗り出すようにして言った。

「その前に、おめえが殺られちまったら何にもならねえ。おれも、親分に合わせる顔がなくなるからな」

そう言って、政蔵が煙管を口にくわえた。

浅次郎は、賭場の貸元でもあり、下谷、浅草界隈を縄張にしている博奕打ちの親分、源右衛門《げんえもん》の倅《せがれ》だった。源右衛門が、若いころ料理屋の座敷女中をしていた情婦《いろ》に産ませた子である。その浅次郎を源右衛門の右腕であり、元鳥越町の賭場をまかされていた政蔵があずかっていたのだ。

浅次郎は子供のころ、虚弱で癇《かん》の強い子だった。やくざには向かない子だったが、源右衛門は他に子供がなかったこともあって、身近におくことが多かった。

浅次郎は親の極道ぶりを見て育ち、十七、八になると若親分気取りで三下を連れ、肩で風切って町を歩くようになった。

歳とともに、非道ぶりが目立つようになり、町方にも目をつけられるようになった。そこで、源右衛門は浅次郎に他人のめしを食わせようと思い、政蔵にあずけたのである。

源右衛門は、浅草、下谷、神田界隈の闇世界では、馬道《うまみち》の虎と呼ばれて恐れられていた。浅草寺脇の馬道生まれで、背中に虎の入れ墨があったからである。

「殺られてたまるかい」

浅次郎が吐き捨てるように言った。

「だが、殺し人はどこで仕掛けてくるか分からねえぜ」

政蔵は煙管を手にしたまま言った。

「そこでな、しばらく、賭場から出ねえようにしてくれ」

「外に出ねえと、めしも食えねえぜ」

浅次郎が困惑するように眉宇《びう》を寄せた。

「なに、昼間、近所なら出歩いてもかまわねえ」

「浅草寺辺りまでなら、いいのかい」

「駄目だな。寅六が殺られたのは、元鳥越町の近くだぜ。田原町の塒から賭場に来る途中で殺られたとみてるんだ。……浅草寺からここに来るには、寅六と同じ道を通るじゃァねえか」

「女を抱きにもいけねえのか」

浅次郎が渋い顔をした。

「なに、ここを離れるときには、菅谷の旦那を連れていきゃァいい。菅谷の旦那には、殺し人の始末を頼むつもりだったのだ」

「ちょうどいいじゃァねえか。殺し人が姿を見せりゃァ、探す手間がはぶけるぜ」

浅次郎の口元に、また薄笑いが浮いた。

「だがな、用心しろよ」

「分かってるよ」

「殺し人は、どんな手を使ってくるか分からねえからな」

政蔵が、底びかりする目で虚空《こくう》を見すえながら言った。手にした煙管から、白煙が揺れながら立ち上っている。

第二章　極楽屋襲撃

1

「朴念さん、妙ですぜ」

俊造が、猪口を口元でとめたまま言った。

俊造と朴念は、極楽屋の飯台に腰を下ろして酒を飲んでいた。極楽屋にたむろしている男たちの姿はなかった。奥の座敷で小博奕でも打っているらしく、ときおり男たちの甲走った声や哄笑が聞こえてくる。

「何が妙なんだ」

朴念の坊主頭が、店の隅に置かれた燭台《しょくだい》の火を映じて赭黒くひかっている。

「浅次郎のやつ、このところ賭場から滅多に出て来ねえんでさァ」

ここ数日、俊造は殺しを仕掛ける場所と機会を朴念に伝えるため、浅次郎を尾行していたのだ。

「寅六が殺られたと知って、用心してるんだろうよ」

朴念は徳利をつかんで手酌でついだ。

「どうも、それだけじゃァねえようなんで」

そう言うと、手にした猪口を飯台に置いた。

「他にも何かあるのか」

「へい、浅次郎のやつ、ときおり茶屋町のある女郎屋に女を抱きに行くようなんだが、いつも牢人を連れてるんでさァ」

「牢人だと」

朴念が顔を俊造にむけて訊いた。

「賭場の用心棒らしいんで」

俊造が、賭場に出入りする客から聞いたことを言い添えた。

「そいつは、浅次郎の用心棒じゃァねえのか」

「あっしも、そうみたんでさァ」

「牢人の名は、分かるか」

「菅谷市兵衛」

「知らねえな」

「片桐の旦那に訊いてみやすか」

「そうだな。片桐の旦那なら知ってるだろう」

朴念は、萱谷を恐れたわけではなかったが、一度に浅次郎と萱谷のふたりを仕留めるのは難しかった。かといって、萱谷とやり合っている間に、肝心の浅次郎に逃げられる懸念があったのだ。かといって、賭場に乗り込むわけにもいかなかった。

「明日にも、あっしが片桐の旦那に話しやすよ」

「焦ることはねえ。浅次郎の居所は、つかんでるんだからな」

そう言って、朴念は猪口をゆっくりとかたむけた。

翌日の午後、右京が極楽屋に姿を見せた。俊造から話を聞き、さっそく岩本町から足を運んできたのである。

右京は朴念たちと顔を合わせ、飯台の前に腰を下ろすとすぐ、

「萱谷だそうだな」

と、切り出した。俊造から、萱谷の名を聞いたのだろう。

「萱谷を知っているのか」

朴念が訊いた。俊造は、朴念の脇に腰を下ろしている。

「知っている」

「どんな男だ」

「遣い手だ。酔いどれ市兵衛と呼ばれている」

右京が菅谷のことを話しだした。

菅谷は本郷《ほんごう》に屋敷のある御家人の冷や飯食いだったが、近くに一刀流の笠原《かさはら》道場があり、子供のころから修行を積んだという。道場主は笠原豊之助《とよのすけ》、中西《なかにし》派一刀流の遣い手である。

菅谷は、二十歳になると、道場の師範代にさえ三本のうち一本は取れるほどに腕を上げた。ただ、そのころから酒の味を覚え、縄暖簾を出した飲み屋や一膳めし屋などで飲むようになったという。

「二十四、五のころかな。菅谷は酒代欲しさから賭試合をするようになり、それが師匠に露見して道場をやめさせられたらしいのだ」

「くわしいな」

朴念が言った。

「その当時、市中の剣術道場に通っていた者なら、菅谷の名は耳にしただろう。それに、おれは、菅谷と似たような境遇だったからな、他人より関心があったのだ」

そう言って、右京は先をつづけた。

道場を破門された菅谷は、暮らしが荒れ、岡場所や賭場などにも顔を出すようになった。そのうち、金のために辻斬りをしているのではないかとの噂がたったという。

「ただ、四、五年前から、菅谷の噂は聞かなくなったのだ。おれも菅谷のことは忘れていたが、賭場の用心棒をしていたのか」

右京が言い添えた。

「その菅谷が、浅次郎の用心棒についているらしい」

朴念の顔がけわしくなった。菅谷が尋常な遣い手ではないと知ったからであろう。

「朴念の手甲鈎でも、菅谷を仕留めるのはむずかしいな」

右京は思ったことを口にした。

「うむ……」

朴念は渋い顔をして視線を落とした。

すると、右京と朴念のやり取りを黙って聞いていた俊造が、

「浅次郎が、ひとりになるのを待ちやすか。……そのうち気がゆるんで、ひとりで歩きまわるようになりまさァ」

と、朴念に顔をむけて言った。

「それもいいが、寅六は始末しちまったんだ。浅次郎も、早く仕留めてえ」

朴念は、残りの半金を気にしているらしい。浅次郎を始末しないと、右京の手にも渡らないのだ。

「おれが、手を貸そうか」

右京が言った。

「菅谷を斬れるのか」

朴念が右京に目をむけた。

「斬れないな。……仕掛ける場にもよるが、菅谷を浅次郎から引き離すことはできるかもしれん。おれが、菅谷の足をとめている間に、朴念が浅次郎を仕留めればいい」

菅谷は深酒と荒れた暮らしのため、体力が衰えている、と右京は聞いていた。ふだんでも酔っているように体が揺れ、激しく動くと息が上がるという。そうしたことから、酔いどれ市兵衛と呼ばれているのだ。

……間合をとり、動きながら闘えばいい。

と、右京は思ったのだ。

「菅谷は片桐どのに頼む」

朴念が語気を強くして言った。

2

風があった。笹藪がザワザワと揺れている。曇天《どんてん》で、上空を厚い雲がおおってい
た。まだ七ツ（午後四時）ごろだったが、辺りは夕暮れ時のように薄暗かった。通り
に人影はなく、ひっそりとしている。

右京と朴念は、空き地や笹藪でおおわれた寂しい地にいた。そこは、寅六を仕留め
たときに身を隠していた場所だった。そのときと同じように、ふたりは笹藪の陰に身
を隠して浅次郎があらわれるのを待っていたのである。

右京が、その場に身を隠し、浅次郎が賭場から浅草寺界隈に出かけるのを待って仕
掛けたらどうかと言うと、朴念も承知したのだ。

浅次郎が浅草寺界隈に出かけたのを確認してから、賭場へ帰るときを狙う手もあっ
た。だが、右京は俊造から、浅次郎は女郎屋に流連《いつづけ》することもあると聞いたので、出
かけるおりに仕掛けようとしたのだ。ただ、浅次郎が、いつ出かけるか分からなかっ
た。下手をすると、二、三日つづけて見張ることになるかもしれない。

右京と朴念がこの場に身をひそめて半刻（一時間）ほど経っていた。まだ、浅次郎

は姿を見せない。

「出てくるかな」

朴念が小声で言った。

「そろそろ出てくると思うがな」

右京が抑揚のない声で言った。

右京たちが、この場に身をひそめるようになって二日目だった。昨日、浅次郎は賭場から外に出なかったのだ。

「酒でも、持ってればよかったか」

朴念が生欠伸《なまあくび》を噛み殺しながら言った。

「あと、一刻（二時間）ほどの辛抱だ」

浅次郎が賭場を出て浅草寺界隈の女郎屋にむかうのは、せいぜい暮れ六ツ（午後六時）までだろう、と右京は踏んでいた。

それから、小半刻（三十分）ほどしたとき、通りの先に人影が見えた。

「俊造だ！」

朴念が、笹藪の陰から首を突き出して声を上げた。

浅次郎が賭場を出たようだ。俊造は賭場の近くで、浅次郎が出て来るのを見張っていたのである。

右京と朴念は笹藪の陰から通りへ出た。

「来たか」

朴念が俊造に訊いた。

「へい、浅次郎は賭場を出やした」

俊造が荒い息を吐きながら言った。

「浅次郎と菅谷のふたりか」

右京が念を押すように訊いた。

「それが、三人なんで」

「三人だと！　もうひとりは、だれだ」

朴念が驚いたような顔をした。

右京も意外だった。浅次郎と菅谷とばかり思っていたのだ。それが、三人だという。

「名は分からねえが、町人でさァ」

俊造によると、遊び人ふうの若い男だという。

「三人でも、かまわねえ。やっちまおう」

朴念が目をつり上げて言うと、

「あっしも、手伝いやすぜ」

と、俊造が言った。

「よし、若い男は俊造にまかせよう」

右京が、俊造に、若い男は逃げられてもいいから無理をするな、と言い添えた。仕留めるのは、浅次郎だけでいいのである。

右京たち三人は、ふたたび笹藪の陰に身を隠した。朴念が懐から革袋を取り出し、手甲鈎を右手に嵌めた。手甲を握ると、四本の長い鈎が熊の爪のように伸びる。その爪で、敵を切り裂いたり、手甲で殴ったりするのだ。

いっときすると、通りの先に男たちの姿が見えた。長身の牢人体の男がひとり。町人がふたり。浅次郎と若い男である。

若い男は色白で顎《あご》がとがっていた。政蔵の手先であろう。

三人の男は、足早に右京たちの方へ近付いてきた。前に若い男と浅次郎が並び、何やらしゃべっている。浅次郎たちの背後にいるのが、菅谷である。総髪で、前髪が顔に垂れている。面長で、妙に顎の大きな男だった。馬面である。酔っているように体が揺れていたが、身辺に剣客らしい凄みがあった。

「行くぞ！」

朴念が声を上げて、飛びだした。

同時に、右京と俊造も走りでた。

ザザッ、と笹藪を分ける大きな音がひびいた。巨漢の朴念が笹を踏み倒して通りへ走りでた。巨漢のうえに、黒い胴服を身に着けている。まるで、巨熊のようだ。

「な、なんだ！」

若い男が、凍りついたように身を竦《すく》ませた。

「殺し人だ！」

浅次郎が、ひき攣《つ》ったような声を上げた。

朴念と俊造が行く手に立ちふさがり、右京は菅谷の背後にまわり込んだ。

「菅谷、うぬの相手はおれだ」

右京が、声を上げざま抜刀した。

「殺し人か」

菅谷がきびすを返した。

「いかにも」

右京は八相に構え、菅谷との間合をつめ始めた。

「おれが斬れるか」

菅谷が抜刀し、切っ先を右京にむけた。

構えは青眼である。切っ先が右京の目線につけられたが、剣尖《けんせん》が小刻みに揺れていた。体が揺れているのである。ただ、ゆったりとした構えで、身辺に隙《すき》がなかった。顔がひき締まり、細い目には射るような鋭いひかりが宿っている。その顔には、多くの修羅場をくぐってきた者の持つ酷薄さと凄みがあった。

……剣鬼だ！

と、右京は思った。

3

「浅次郎、てめえの命はもらった！」

朴念が吼《ほ》えるような声を上げた。

大きな顔が赭黒く染まり、目がギラギラひかっている。長い爪の伸びた手甲鈎を振りかざした姿は、獲物に迫る巨獣のようだった。

浅次郎と若い男は懐に呑んでいた匕首を手にしたが、腰が引けていた。恐怖で顔がひき攣り、体が顫えている。

「と、利根吉、やっちまえ！」

浅次郎がうわずった声で言った。若い男は、利根吉である。

「へ、へい……」

利根吉は、手にした匕首を前に突き出した。その切っ先が恐怖で震えている。

「観念しろ！」

叫びざま、朴念が疾走した。

巨漢だが、動きは俊敏だった。一気に、浅次郎に迫っていく。

「や、やろう！」

利根吉が、匕首を突き出した。

だが、腰が引け、腕だけ前に突き出ただけである。

オオッ！

朴念が走りざま、手甲鈎を一振りした。

にぶい金属音がひびき、利根吉の匕首が虚空に撥《は》ね飛んだ。朴念が手甲鈎で、匕首を撥ね上げたのだ。その衝撃で、利根吉は後ろによろめいて尻餅をついた。踵《かかと》を地面に突き出た石にひっかけたらしい。

朴念は利根吉にかまわず、浅次郎にむかって突進した。

「助けて！」

悲鳴のような声を上げ、浅次郎が反転した。

背後に迫った朴念が、逃げ出そうとした浅次郎の後頭部に、

「死ね！」

一声叫んで、手甲鈎を振り下ろした。

壺を割るようなにぶい音がし、浅次郎の首が肩にめり込むように沈んだ。次の瞬間、浅次郎の頭が割れ、血と脳漿が飛び散った。

よたよたと、浅次郎は前に泳いだが、足がとまると、腰からくずれるように転倒した。仰向けに横たわった浅次郎は、動かなかった。四肢が痙攣《けいれん》しているだけである。凄まじい形相《ぎようそう》だった。顔が熟柿《じゆくし》のように血まみれになり、目玉が飛び出ていた。あんぐりあけた口から、白い歯が覗いている。即死である。

ヒイイッ！

利根吉が喉の裂けるような悲鳴を上げて逃げだした。

俊造と朴念は追わなかった。初めから、利根吉を仕留める気はなかったのである。

利根吉が逃げ出すいっとき前、右京は菅谷と相対していた。間合は三間半ほどに保ったままである。まだ、一足一刀の斬撃の間境《まざかい》からは遠かった。

右京は菅谷が斬撃の間境に迫ると、後じさりし、斬撃の間合に菅谷が踏み込まぬよう動いていたのだ。

「に、逃げるか！」

菅谷が苛立《いらだ》ったような声で叫んだ。

声が震えていた。息遣いが荒くなっている。全身に気勢をみなぎらせ、神経を敵に集中しているだけで体力を使う。菅谷の酒と荒廃した暮らしでなまった体が、喘《あえ》ぎ始めているのだ。

「菅谷、おぬしの剣は死にかけている」

右京が後じさりながら言った。

「なに！」

菅谷が一歩踏み込んできた。馬面が怒りにゆがんでいる。

「剣尖が笑っているではないか。おぬしに、おれは斬れぬ」

そう言って、右京は一歩下がった。挑発して、菅谷の冷静さを失わせようとしたのだ。

「おのれ、言わせておけば！」

憤怒で、菅谷の馬面が怒張したように赭黒く染まった。

菅谷が一気に間合をつめようとした。そのとき、利根吉の悲鳴がひびいたのだ。一瞬、菅谷が利根吉に目をやった。

この隙をとらえて、右京はさらに後退した。

そのとき、朴念が菅谷の背後にまわり込んできた。

「菅谷、おれも相手だ」

朴念が手甲鈎をかざして言った。

すぐに、菅谷が体の向きを変え、笹藪を背にして立った。背後からの攻撃をさけようとしたのだ。しかも、切っ先を右京にむけ、顔は正面をむいている。目の端に、ふたりをとらえているのだ。さすが、多くの修羅場をくぐってきた男である。複数の敵に対する戦い方を知っている。

「坊主も、殺し人か」

菅谷が低い声で朴念に訊いた。

「さあな」

朴念は手甲鈎を振りかざしたが、菅谷との間合をつめなかった。菅谷の放つ異様な剣気を感じとり、迂闊《うかつ》に仕掛けたら、やられる、と察知したのだ。

「菅谷、この勝負、あずけるぞ」

右京が言った。

右京と朴念には、初めから菅谷を仕留める気はなかった。殺し人として、引き受けたのは浅次郎である。

「うむ……」

菅谷は何も答えなかった。身構えたまま動かずにいる。

右京は八相に構えたまま身を引いた。すると、朴念も同じように後じさった。

菅谷は動かない。

右京がきびすを返すと、朴念も反転した。ふたりは、左右に走った。笹藪のそばに立っていた俊造も、朴念につづいて走りだした。

菅谷は刀身を下ろすと、ひとつ大きく息を吐いた。そして、路傍に横たわっている浅次郎に目をやると、

「あやつらの狙いは、浅次郎ひとりか」

とつぶやいて、ゆっくりと納刀した。

4

浅草駒形町《こまがたちょう》の大川端に、清水屋《しみずや》という老舗《しにせ》の料理屋があった。その二階の奥まった座敷に、五人の男が座していた。馬道の虎こと源右衛門、政蔵、菅谷、それに源右衛門の手下の峰七《みねしち》と浜次郎《はまじろう》である。

座敷の隅に置かれた燭台の火に照らされた五人の顔には屈託《くったく》の色があった。膝先に酒肴の膳が並べられていたが、男たちはほとんど手を出さなかった。ただ、菅谷だけがひとり、手酌で盃をかたむけている。

「政蔵、浅次郎が殺されたそうだな」

源右衛門がしゃがれ声で言った。

でっぷり太り、浅黒い顔をした男である。眉が濃く、分厚い唇をしていた。頬や顎の肉がたるんでいる。五十代半ばであろうか。鬢には白髪が混じっていたが、肌には艶《つや》があり、燭台の火を映じて赭黒くひかっていた。

源右衛門の顔には、憤怒と悲痛のいりまじったような表情があった。やくざであっても、源右衛門にとってはたったひとりの倅であった。浅次郎に対する父親の情愛は強かったのである。

「殺し人の仕業《しわざ》でさァ」

政蔵が苦悶に顔をゆがめた。

「仕方がねえ。死んじまった者は元にもどらねえからな」

そうは言ったが、源右衛門はこのまま浅次郎の死を受け入れることはできなかった。

「面目《めんぼく》ねえ」

政蔵が頭を下げた。

「だが、このままにしちゃァおけねえぜ。殺し人に倅が殺されて黙ってたとなりゃァ、おれの顔が立たなくなるからな。それに、おれだけじゃァねえぜ。おめえたちも、子分たちに示しがつかなくなるだろうよ」

源右衛門の声が大きくなり、赤ら顔がさらに赤くなった。

己の顔をつぶされた屈辱と倅を奪われた恨みがあいまって強い怒りになり、胸の内で煮えたぎっていた。

「分かってまさァ」

政蔵が顔を伏せたまま言った。

峰七と浜次郎は、黙したまま座していた。ふたりとも、二十五、六であろうか。ひき締まった体で、剽悍そうな顔付きをしている。

「殺し人だが、名は分かっているのか」

源右衛門が訊くと、

「名は分からんが、ふたりともおれが見ている。ひとりは若い武士だ。……牢人だろう。もうひとりは坊主頭の大兵で、手甲鈎を遣う」

菅谷が盃を手にしたまま言った。その手が、かすかに震えていた。どろんとした目が虚空にむけられている。胡座《あぐら》をかいている姿にも覇気がなかった。

「浅次郎は、頭を砕かれていたと言ったな」

源右衛門が、政蔵に顔をむけた。

「へい」

「すると、浅次郎を殺ったのは、坊主か」

「そうだ」

菅谷がくぐもった声で答えた。

源右衛門は虚空を睨むように見すえ黙考していたが、

「殺し人たちには、元締めがいるはずだな」

と、低い声で言った。

「深川に金ずくで殺しを請け負う連中がいると聞いていやす」

黙って聞いていた峰七が、小声で言った。細い目がつり上がっている。

「深川か」

「へい」

「馬道の虎の可愛い倅を、手にかけたんだ。元締めにも、それなりの埋め合わせをしてもらわねえとな」

源右衛門はつぶやくような声で言い、

「政蔵、元締めもろとも、殺し人どもを始末しちまえ」

と、怒鳴り声を上げた。源右衛門の顔が憤怒で怒張したように赭黒く染まっている。

「へい」

政蔵がうなずいた。

「峰七と浜次郎も遣え」

そう言うと、源右衛門は膳の銚子に太い腕を伸ばした。

元鳥越町の賭場にもどった政蔵は、奥の座敷に七人の男を集めた。菅谷、峰七、浜次郎、利根吉、それに新たに声をかけた政蔵の手下の三人である。三人の名は、弥《や》助《すけ》、直吉《なおきち》、利三郎《りさぶろう》。政蔵が、手下のなかから腕の立つ三人を集めたのだ。

「おめえたち、寅六につづいて浅次郎が、殺られたのを知ってるな」

政蔵が、男たちに視線をめぐらせて言った。

「へい」

弥助が応え、菅谷を除いた男たちがいっせいにうなずいた。菅谷だけは座敷の隅の柱に背を預けて、湯飲みで酒を飲んでいる。

「殺ったのは、殺し人のようだ」

「名は分かってるんですかい」

弥助が訊いた。弥助は四十がらみ、集まった手下のなかでは兄貴格だった。

「分からねえ。まず、殺し人をつきとめてもらいてえ。……利根吉、おめえから話せ」

政蔵が利根吉に目をむけた。

「襲ってきたのは三人で」

そう前置きして、利根吉が、右京、朴念、俊造のことを話した。利根吉は三人の名を知らなかったので、口にしたのは容貌、身装《みなり》、体軀《たいく》などである。

「深川界隈を探りゃァ分かるだろうよ」

政蔵が言い添えた。

「さっそく、深川を洗いやすぜ」

弥助がそう言って、立ち上がると、他の男たちも腰を上げた。

するとそれまで黙って酒を飲んでいた菅谷が、

「待て」

と、声をかけた。

弥助たちが足をとめて、菅谷に視線を集めた。

「相手をつきとめても、手を出すなよ。牢人と坊主は、おまえたちが束になってかかっても、かなわないぞ」

そう言うと、菅谷はまた手にした湯飲みを口に運んだ。

男たちの顔がこわばり、いっとき座敷につっ立ったまま動かなかったが、

「そうしやす」

峰七が応えて、座敷から出ると他の男たちもつづいた。

奥座敷には政蔵と菅谷だけが残った。

「菅谷の旦那、手を貸していただけるんでしょうな」

政蔵が、上目遣いに菅谷を見ながら訊いた。

「ふたりとも並の男ではないぞ。なかでも、若い牢人は遣い手だ」

菅谷が他人事のように言った。

「殺し人の腕がいいことは分かってまさァ」

「高いぞ」

菅谷が政蔵に顔をむけた。

「ひとり五十で、どうです」

「ふたりで、百両か。まァ、いいだろう。ただし、酒は好きなだけ飲ませてもらうぞ」

「樽で、用意しときやしょう」

そう言って、政蔵が口元に薄笑いを浮かべた。

5

島蔵は、嘉吉とふたりで板場にいた。前だれをかけ、汚れた丼を洗っていた。脇で、嘉吉が酒の肴にする鰈《かれい》を煮付けている。

五ツ（午前八時）ごろだった。島蔵と嘉吉は、いつものように極楽屋に住んでいる男たちに朝めしを食わせてから、後片付けと肴の支度をしていたのである。

そのとき、店の戸口に駆け寄る慌ただしい足音が聞こえた。

「親分、大変《てえへん》だ！」

男の叫び声が聞こえた。

今朝、普請場の仕事に出かけた八助《はちすけ》という日傭取《ひようと》りだった。長屋の住人は、ふだん島蔵のことを親分とか親爺さんとか呼んでいる。

「何かあったようだぞ」

島蔵は前だれで手を拭きながら急いで板場を出た。嘉吉も後からついてきた。

「お、親分、殺《や》られてる！」

八助は、島蔵の顔を見るなり声を上げた。

「だれが、殺られたんだ」

「与之吉《よのきち》が、血まみれになって……」

「なに、与之吉だと」

昨日の朝、与之吉は掘割の石垣積みの人足に行くと言って店を出たきり、朝になってもどらなかった。ただ、島蔵はたいして気にしていなかった。極楽屋に出入りする男たちは銭をつかむと、夜通し飲みあかしたり夜鷹を抱いたりして、朝帰りするのはめずらしくなかったのである。

「場所はどこだ」

島蔵は前だれをはずして、飯台の上に放り投げた。

「吉岡橋《よしおかばし》近くの材木置き場でさァ」

吉岡橋は、吉永町のはずれの掘割にかかる橋である。吉永町周辺は木場がひろがり、掘割から原木を運び込む貯木場、材木置き場などが所々にあった。

「行くぞ」

島蔵は店から飛び出した。

八助、嘉吉がつづき、店の騒ぎを耳にして奥から出てきた猪吉《いきち》、仙太《せんた》、房造《ふさぞう》が後を追った。

猪吉たちも、極楽屋を塒にしている男である。

吉岡橋まで来ると、仙台堀の右手の材木置き場に人だかりがしていた。雑草におおわれた地に、まだ製材されてない原木が積まれている。その原木の脇に、通りすがりの船頭、川並《かわなみ》、人足らしい半裸の男などが集まっていた。何人か、極楽屋に出入りしている男の顔もあった。

「どいてくれ！」

八助が声をかけた。

すると、極楽屋の親爺だ、親分が来た、親爺さんだ、などという声があちこちで聞こえ、人垣が左右に割れた。

見ると、叢《くさむら》のなかに男がひとり、仰向けに倒れていた。辺りの草が踏み倒され、黒ずんだ血が飛び散っている。

「ひでえな……」

島蔵は息を呑んだ。

与之吉である。無残な死体だった。顔や頭を棒のような物で、打擲《ちょうちゃく》されたらしい。顔は血まみれで、額や頬の肌が裂けていた。血糊《ちのり》のなかで、両眼が白く浮き上がったように見えた。元結《もとゆい》が切れ、ざんばら髪が顔に張り付いている。

傷は頭や顔だけではなかった。肩口や胸にもたたかれたような痕《あと》があり、縞柄の着物が血に染まっていた。

「だ、だれが、やったんだ」

嘉吉が怒りに声を震わせて言った。

「おい、だれか、見た者はいねえか」

島蔵が、集まった男たちに声をかけた。

「見てねえ」

大柄な船頭らしい男が答えると、あちこちから、知らねえ、見てねえ、などという声が起こった。こわばった顔を横に振る者もいる。どうやら、与之吉が殺されるのを目撃した者はいないようだ。

「前をあけろ!」

怒鳴り声が聞こえ、人垣が割れて道をあけた。

姿を見せたのは、岡っ引きの辰造《たつぞう》だった。辰造は深川入船町《いりふねちょう》で女房とふたりで古着屋をやっているが、一年ほど前に、南町奉行所の定廻り同心に手札をもらって岡っ引きになったのである。

まだ若い、小柄な男だった。

「ひでえ、死骸《ほとけ》だ」

辰造は死体を見るなり、顔をしかめて言った。

島蔵たちは、横たわっている与之吉からすこし身を引いた。とりあえず、辰造にこの場をまかせようと思ったのだ。

辰造は死体を見た後、集まっていた野次馬たちに殺された男の名や仕事などを訊いていた。

与之吉のことを知っている者が何人かいて、辰造に答えているようだった。

辰造はひととおり聞き終えると、また死体の脇に立ち、

「喧嘩だな。酒でも飲んで暴れ、袋叩きに遭ったにちげえねえ」

もっともらしい顔をして言った。

……喧嘩じゃァねえ。

と、島蔵は胸の内でつぶやいた。

大勢で寄ってたかって袋叩きにしても、あれほど顔や頭を叩くことはないはずだ。

……拷問《ごうもん》かもしれねえ。

と、島蔵は思った。集団で与之吉を襲い、何か聞き出すために、後ろで与之吉を押さえておいて顔や頭を棒で殴ったのである。

与之吉から、何を聞き出そうとしたのか。恐らく、与之吉自身にかかわることではないだろう。与之吉は独り者で、気のいい男だった。与之吉が、拷問を受けるほどの大事を秘匿《ひとく》していたとは思えない。おそらく、極楽屋にかかわることだろう。となると、裏稼業の殺し人のことにちがいない。

いっとき、島蔵が虚空に視線をとめて黙考していると、

「親爺さん、与之吉を引き取りやすか」

と、嘉吉が声をかけた。

「そうだな。……おれたちの手で葬ってやろう」

町方も、たいした調べはしないはずだ。おそらく、町方同心の検屍《けんし》も行われないだろう。いつもそうだった。殺されたのが、極楽屋に住んでいる無宿人や凶状持ちと分かると、本腰を入れて探索は行わず、いつもあやふやになってしまうのだ。

島蔵は辰造に歩を寄せて、

「死骸《ほとけ》を、引き取ってもいいかな。放っておいて、犬や鴉《からす》に食われるのもかわいそうだ。近くに埋めてやりてえ」

と、腰を低くして言った。下手に出たのは、岡っ引きの機嫌をそこねたくなかったからだ。極楽屋に探りでも入れられると、殺しのことがばれるかもしれない。

「極楽屋の親爺か。……おめえたちの手で、死骸《ほとけ》を極楽に送ってやるといいぜ」

辰造が口元に薄笑いを浮かべて言った。

「引き取らせていただきやす」

島蔵は嘉吉や八助たちが集まっている所へもどると、極楽屋から戸板と筵《むしろ》を持ってくるよう指示した。与之吉の死体を乗せて運ぶのである。

島蔵たちは、その日のうちに与之吉の死体を極楽屋の裏手の空き地に運んで埋葬してやった。

6

「親爺さん、妙なのが店に来てやすぜ」

嘉吉が板場に入ってくると、すぐに言った。

島蔵は流し場で汚れた丼を洗っていたが、手をとめ、

「妙なやつだと」

と、聞き返した。

「へい、遊び人らしいのが三人。店に来て、酒を頼みやした」

三人は、嘉吉に酒と肴を頼んだという。

「見たことのねえやつらか」

「へい」

「覗いてみよう」

島蔵は銚子に酒を入れ、盆に猪口と肴の煮染を載せて、板場を出た。

三人の男が飯台に腰をかけていた。目付きの鋭い、遊び人か地まわりといった感じの男たちである。三人は峰七、浜次郎、弥助だったが、島蔵は三人の名を知らなかった。

店の隅の飯台で、店にたむろしていることの多い猪吉と房造、それに俊造が酒を飲んでいた。俊造たち三人は、怪訝な顔をして峰七たちに目をやっている。

島蔵は峰七たちの前に、銚子や猪口を並べながら、

「お客さん、見かけない顔だが、どこから来たんだね」

と、声をかけた。

「おれたちか。……三途《さんず》の川を渡ってきたのよ」

そう言って、峰七が上目遣いに島蔵の顔を見た。浜次郎と弥助の口元には、薄笑いが浮いている。ただ、目は笑っていなかった。刺すような目で島蔵を見つめている。

「冗談言っちゃァ、いけねえ」

島蔵は、この三人、ただの客じゃァねえ、と直感した。

「冗談じゃァねえよ。三途の川を渡って、地獄の閻魔の面《つら》をおがみに来たのよ」

峰七が言った。

「この店は極楽屋ですぜ」

どうやら、この三人、おれが閻魔と呼ばれていることを知っているらしい、と島蔵は思った。

「おめえさんの顔を見れば、すぐ分かるぜ。どう見たって、閻魔の顔だ」

峰七が、ニヤニヤしながら言った。

「それで、閻魔に何か用ですかい」

島蔵が低い声で訊いた。ギョロリとした目で、峰七を睨むように見すえた。

店の隅の飯台にいた俊造たちに緊張が走った。島蔵と峰七たちのやり取りを聞いていたのである。

「用はねえ。ただ、閻魔の顔をおがみに来ただけだ。……酒を飲んだら、おとなしく帰《けえ》るよ」

そう言って、峰七が銚子に手を伸ばした。他のふたりも、猪口や銚子に手を伸ばした。何か仕掛ける気配はなかった。

「そうですかい。それじゃァ、ゆっくりやってってくだせえ」

島蔵はきびすを返した。

三人の男は殺気立っていなかった。三人とも酒を飲んでおとなしく帰るつもりらしい。

……だが、油断はならねえ。

と、島蔵は思った。男たちは、地獄屋のことや島蔵が閻魔と呼ばれていることを知っているのだ。

島蔵は板場にもどると、

「嘉吉、やつらが店を出たら尾けてみろ」

と、嘉吉に耳打ちした。

「へい」

嘉吉がちいさくうなずいた。

それから、半刻（一時間）ほどして、峰七たち三人は極楽屋を出た。酔っている様子はなかった。三人とも、すこししか飲まなかったのである。

嘉吉は三人が、仙台堀沿いの道へ出たところで店から出た。すでに、陽は西の家並の向こうに沈んでいた。西の空が茜《あかね》色の残照に染まっている。店の軒下や掘割沿いの樹陰には淡い夕闇が忍び寄っていた。

嘉吉は手ぬぐいで頬っかむりをしていた。遠方だったが、三人が振り返ったとき気付かれないためである。

嘉吉は店の前の掘割にかかる橋を渡り、仙台堀沿いの通りに出た。峰七たち三人は、一町ほど先にいた。足早に大川方面へ歩いていく。

通りには、ちらほら人影があった。仕事を終えた川並、船頭、木挽《こびき》などが、急ぎ足で通り過ぎていく。

前方の三人は、仙台堀にかかる亀久橋《かめひさばし》のたもとまで来て別れた。ひとりだけ、そのまま堀沿いの道を大川方面にむかい、残るふたりが橋を渡り始めた。

……ふたりを、尾けるか。

嘉吉も、亀久橋を渡った。

前方のふたりは一町ほど先にいた。何やら話しながら歩いていく。

嘉吉が橋を渡り終えて半町ほど歩いたときだった。ふいに、前を行くふたりが右手へ折れた。路地があるらしい。

嘉吉は走った。ふたりの姿が見えなくなったからである。嘉吉は路地の角まで来ると、店仕舞いした表店の角から路地の先に目をやった。

……いねえ！

路地に、ふたりの姿がなかった。

狭い路地沿いに、小体な店や表長屋がつづいていた。近くに通行人の姿はなかった。薄暗い路地で、どの店も表戸をしめている。

嘉吉は路地を走った。半町ほど走ると、左手に細い路地があった。そこにも、ふたりの姿はなかった。

だが、ここしかない、嘉吉は思った。近くに、他の路地はなかったのだ。嘉吉は、路地に走り込んだ。しばらく走ったが、ふたりの姿を目にすることはできなかった。

……まかれちまった。

と、嘉吉は思った。

おそらく、ふたりの男は尾行者に気付いて、人影のない裏路地に走り込んで嘉吉をまいたのである。

嘉吉は小走りに路地をたどり、急いで表通りへ出た。ふたりの男が尾行者に気付いていたとすれば、どこかに身をひそめていて逆に嘉吉を襲う恐れがあったのだ。

だが、嘉吉は襲われずに極楽屋に帰りついた。

「面目ねえ」

嘉吉は、三人の男にまかれたことを島蔵に話した。

「やつら、店の様子を探りに来たようだ」

島蔵がけわしい顔で言った。

「親爺さん、何か心当たりがありやすか」

「心当たりといやァ、与之吉だな。……与之吉を殺ったやつらにちげえねえ。何をやろうとしているか知らねえが、与之吉を痛めつけて、おれのことを聞き出したようだ」

「三人とも、やくざ者のようでしたぜ」

「片桐の旦那と朴念さんが仕留めた浅次郎と寅六に、かかわりのある連中かもしれねえなァ」

島蔵が虚空に目をむけ、

「これで、済みゃァいいが……」

と、けわしい顔でつぶやいた。

7

ふたりの男が、極楽屋の縄暖簾をくぐった。目付きの鋭い遊び人ふうの男である。ふたりとも縞柄の小袖を裾高に尻っ端折りしていた。

峰七と浜次郎だった。ふたりは、戸口に立って店内を見渡すと、薄笑いを浮かべて隅の飯台にむかった。

このとき、店のなかに五人の男がいた。俊造と極楽屋で暮らしている猪吉、房造、八助、昌助《まさすけ》、それにちょうど銚子を手にして店に出てきた嘉吉だった。

……やつらだ！

嘉吉が胸の内で叫んだ。三日前に跡を尾けた峰七と浜次郎である。店に居合わせた俊造や猪吉たちの顔が、こわばった。やはり、ふたりの顔を覚えていたのである。

「酒をくんな。肴は、イカの炙《あぶ》ったのでいいや」

峰七が、店の板壁に張ってある黄ばんだ品書きを見て言った。

「へい」

と応え、嘉吉はすぐに板場にもどった。

板場で島蔵が丼にめしを盛り付けていた。猪吉たちに食わせるめしである。

「親爺さん、やつらが来た！」

嘉吉が声を殺して言った。

「だれだい？」

「三日前に来たやつらだ」

「何しに来やがった」

島蔵は手にした丼を置いて、板場の出入り口から店内を覗いた。

そのとき、戸口に複数の足音がし、さらにふたりの男が入ってきた。牢人である。

菅谷と大久保安蔵《おおくぼやすぞう》という男だった。大久保は、政蔵の賭場に出入りしている男で、菅谷と同じように政蔵に金で買われたのである。大柄で、無精髭《ぶしょうひげ》が顎をおおっていた。一見して徒《いたずら》牢人と分かる風体である。

……牢人か！

島蔵の顔がこわばった。ただの客ではない、と察知したのだ。

菅谷と大久保だけではなかった。ふたりにつづいて四人の男が入ってきたのだ。弥助、直吉、利三郎、それに利根吉だった。

店の隅にいた俊造が、

「菅谷だ！」

と声を上げて、腰を浮かした。

すると、菅谷の後ろから入ってきた利根吉が、

「やつは、殺し人のひとりだ！」

と、俊造を指差して叫んだ。

「いたか」

言いざま、菅谷が抜刀した。低い八相に構えて俊造に迫る。

俊造が狭い板壁と飯台の間から土間へ飛び出た。その拍子に、腰掛けていた空き樽が倒れ、銚子や猪口が転がり落ちて激しい音をたてた。

ワアッ！　と叫び声を上げ、店にいた猪吉たちが飯台から立ち上がって逃げだした。箸壷が倒れ、皿や丼などが飯台から転げ落ち、空き樽が倒れ、悲鳴や怒号がとびかった。店のなかが、道具箱をひっくり返したような騒ぎになった。

俊造は奥へ逃げようとした。

その背後へ、菅谷が迫った。

ヤアッ！

鋭い気合とともに、菅谷が袈裟《けさ》に斬り込んだ。

俊造が身をのけ反《ぞ》らせた。肩口から背中にかけて着物が裂け、血が噴いた。俊造は呻《うめ》き声を上げて前によろめいた。

さらに、菅谷が追いすがり、刀身を横一文字に一閃させた。酔いどれとは思えない俊敏な動きである。

俊造の首が横にかしいだ。次の瞬間、首根から血が驟雨のように飛び散った。菅谷の一撃が俊造の首筋をとらえたのである。

俊造は血を撒き散らしながら泳ぎ、前につっ込むように転倒した。

「殺っちまえ！」

峰七が叫んだ。

大久保が抜刀し、峰七たちが懐から匕首を抜いた。

猪吉たちは恐怖に顔をひき攣らせ、悲鳴を上げて奥や戸口に走った。飯台に突き当たり、空き樽を蹴り、仲間同士で肩をぶっつけ合った。狂乱状態で、逃げ惑っている。

「逃げろ！　裏へ逃げろ」

島蔵が怒鳴った。

閻魔のような顔が土気色になり、体を顫《ふる》わせていた。鶉《うずら》の卵のような目玉が飛び出たように見える。必死の形相である。

「島蔵だ！　やつを殺れ」

峰七が声を上げた。

菅谷が反転し、血刀をひっ提げて島蔵に迫ってきた。

これを見た嘉吉が、足元に転がっていた空き樽を手にし、

「親爺さん、逃げてくれ！」

叫びざま、菅谷にむかって投げ付けた。

咄嗟に、菅谷は樽から逃れようとして脇へ跳んだ。だが、土間に転がっていた別の空き樽に足をとられて転倒した。

「嘉吉、おめえも逃げろ！」

島蔵は板場に飛び込み、店の外へ出られる引き戸をあけて飛び出した。嘉吉も、慌てて後を追う。

島蔵と嘉吉は店の脇へ走り出た。店の戸口に目をやると、八助と昌助が逃げ出してきたところだった。後を追って、峰七と浜次郎が飛び出してきた。匕首を手にしている。

……あのふたり、ただの鼠《ねずみ》じゃねえ。

と、島蔵は思った。

匕首を胸のあたりに構え、前屈《まえかが》みの格好で走る峰七と浜次郎の姿は、獲物を追う狼のようだった。

ギヤッ、と絶叫を上げて昌助が身をのけ反らせた。走り寄りざま、峰七が斬りつけたのだ。

昌助が前に泳ぐところを、峰七がさらに追いすがり背後から匕首を突き刺した。体ごと突き当たるような一撃である。

八助は逃げた。浜次郎が後を追う。

八助も仕留められそうだ。

「ちくしょう！」

島蔵が目をつり上げ、八助の方へ駆けだそうとした。

「待ってくれ！」

嘉吉が、島蔵の袂《たもと》をつかんだ。

「逃げてくれ！　親爺さんも殺られちまう」

必死に、嘉吉がとめた。

「ちくしょう、このままにはしねえぞ！」

島蔵は怒りに声を震わせて言った。

島蔵と嘉吉は、きびすを返して駆けだした。店の脇は荒れ地で、葦《あし》や茅《かや》など丈の高い草が生い茂っている。

島蔵たちは葦や茅の草藪に逃げ込んだ。草藪を抜ければ、仙台堀沿いの道へ出られる。そこまで逃げれば、逃げ道はいくらでもあった。橋を渡って堀の向こうに逃げてもいいし、広大な木場のなかへ逃げ込むこともできる。

「あそこだ！」

「逃げるぞ！」

店の方で、男たちの叫び声が聞こえた。店を襲った峰七たちである。

峰七たちは葦や茅を掻き分けながら逃げる島蔵と嘉吉に気付き、草藪に踏み込んだようだ。

だが、峰七たちが迫ってくる気配はなかった。草藪のなかに踏み込んだ峰七たちは、視界を閉ざされ、島蔵と嘉吉の姿を見失ったのであろう。

「親爺さん、どこへ逃げる」

仙台堀沿いの通りへ出たところで、嘉吉が訊いた。

「いったん、孫八のところに身を隠そう」

孫八は、深川入船町の甚《じん》右衛《え》門店《もんだな》に住んでいた。要橋を渡って、堀沿いの道をたどれば、入船町である。

8

平兵衛は孫八とふたりで、吉永町に来ていた。今朝、孫八が庄助長屋に姿を見せ、

「安田の旦那、極楽屋へ来てくだせえ」

と、こわばった顔で言った。

「どうしたのだ？」

平兵衛が訊くと、

「極楽屋が襲われ、四人殺られやした」

孫八は、俊造、昌助、猪吉、八助の名を口にした。

「なに！　四人も殺られたのか」

平兵衛の顔に驚きの表情が浮いた。

「へい、それに、房造が深手を負いやした。……幸い、嘉吉と元締めはうまく逃げられたようで」

孫八によると、極楽屋の店のなかもひどく荒らされたという。

「それで、襲ったのは？」

「菅谷たちでさァ。都合、八人だったそうで」

孫八が、牢人がふたり、町人が六人だったことを言い添えた。

「大勢だな」

「元締めは、浅次郎と寅六を始末した仕返しじゃァねえかとみていやす」

「それで、元締めたちは極楽屋にもどっているのか」

平兵衛が訊いた。

「へい、働きに出ていた連中も、極楽屋にいるはずでさァ」

極楽屋が襲撃されて、四日経っていた。今日は、極楽屋に住んでいる男たちの大半が店にいるはずだという。

「ともかく、極楽屋に行ってみよう」

平兵衛は腰を上げた。

そうしたやり取りがあって、平兵衛と孫八は吉永町に来ていたのだ。平兵衛は紺の筒袖《つつそで》に軽衫《かるさん》姿だった。ふだん研ぎ師として仕事場にいるときの格好である。念のために、今日は脇差を差してきたが、すこし背がまがり、とぼとぼと歩く姿はいかにも頼りなげな老爺だった。だれが見ても、凄腕の殺し人だとは思わないだろう。

一方、孫八は黒の半纏に股引姿で、手ぬぐいで頰っかむりしていた。こちらも、職人か大工のように見える。

「右京たちも、来るのか」

要橋を渡りながら、平兵衛が訊いた。前方に極楽屋が見えていた。橙《だいだい》色の夕陽に照らされた極楽屋は、遠くから見るかぎり変わった様子はなかった。

「もう、来ているかもしれやせん」

孫八は、朴念も来るはずだと言い添えた。

極楽屋の店先に縄暖簾は出ていなかった。店はひっそりとしていた。いつもなら洩れてくる男たちの濁声や哄笑なども聞こえなかった。

平兵衛は、店先の縄暖簾を分けて店に入った。なかは薄暗かった。なかほどの飯台に、腰を下ろしている男たちの姿が見えた。島蔵、右京、朴念、嘉吉の四人である。どの顔も、暗く沈んでいた。

極楽屋で寝泊まりしている男たちの姿はなかった。奥の部屋で待機しているのだろう。

店の飯台や腰掛け替わりの空き樽は、いつもと変わらず土間に並べられていたが、板壁に張られた品書きは破れて垂れ下がり、土間の隅には割れた丼や皿などの破片が散らばっていた。襲撃の爪痕《つめあと》である。

「安田の旦那、腰を下ろしてくれ」

島蔵が言った。いつになく、重く沈んだ声である。

平兵衛と孫八があいている空き樽に腰を下ろすと、

「孫八から聞いたと思うが、四人も殺られたよ」

島蔵が力なく言った。

「そうらしいな」

「襲ったのは、菅谷たちだ。おそらく、政蔵の息のかかった連中だろう」

そう言って、島蔵が襲撃されたときの経緯を話した。

「浅次郎と寅六を始末した意趣返しか」

「そうとしか思えねえ」

「政蔵は、浅次郎と寅六に何かかかわりがあるのか」

いかに、やくざ者とはいえ、殺し人を襲うとなると、かなりの覚悟がいるはずである。賭場に出入りしている客としての関係だけなら、代貸の政蔵が意趣返しなどするはずはないのだ。

「そのあたりはまだ分からねえが、政蔵は顔をつぶされたと思ったのかもしれねえ」

「うむ……」

政蔵と浅次郎たちは何か特別なつながりがあったのかもしれない、と平兵衛は思った。

「やつら、極楽屋のことを探ってから襲ったようなのだ」

島蔵が、与之吉が拷問されたらしいこと、その後、遊び人らしい男が三人、極楽屋を探りにきたことなどを口にした。

「とすると、次に狙われるのは、右京と朴念だな」

浅次郎と寅六を手にかけたのは、右京と朴念である。当然、右京たちの命を狙ってくるだろう。

「それに、おれだ。やつら、おれが殺し人の元締めらしいことをつかんでたからな。まず、この店を襲ったのは、店にいた俊造とおれの命を狙ったのだろうよ」

島蔵が渋い顔をした。

「そうかもしれん」

「こうなったら、菅谷と政蔵の息のかかったやつらを根こそぎ始末するしかないな」

朴念が顔を赭黒く染めて声を荒立てた。

右京は虚空に視線をとめて黙している。

「それで、店を襲ったのは、菅谷の他に、だれがいたか分かっているのか」

平兵衛が訊いた。

「牢人がもうひとりいた。大久保という名らしい。それに、やくざ者たちに指図していたのは、峰七という男だ。浜次郎という男もいたらしい」

島蔵によると、襲撃されたとき店にいて生き残った房造が男たちのやり取りを聞いていて分かったという。

「大久保か」

平兵衛は首をひねった。聞いた覚えのない名だったのである。

「安田の旦那、これは殺しの仕事じゃァねえが、手を貸してもらいてえ」

島蔵が平兵衛を見つめて言った。

「政蔵や菅谷たちと戦うのか」

「それしかねえんだ。……やつら、明日にもまたこの店を襲うかもしれねえ。それに、このままにしておけば、片桐の旦那と朴念も殺られちまう」

島蔵の顔が苦悶にゆがんでいた。

「分かった。手を貸そう」

平兵衛は右京を助けたかったし、極楽屋の者たちが殺されるのを黙って見ているわけにはいかなかった。

「ありがてえ」

島蔵がほっとしたような顔をした。

「それで、どうする。元締めは、しばらくこの店を閉じて姿を隠すのか」

平兵衛が訊いた。

「いや、それはできねえ。めしを食わしてやらねえと、奥で暮らしているやつらが干上がっちまう。それに、長く姿を隠す家もねえ」

孫八や朴念の家に身を隠しても、いずれ菅谷や峰七たちに嗅《か》ぎ出されるだろう、と島蔵は踏んでいたのだ。

「それで、安田の旦那に頼みがある」

島蔵が平兵衛に目をむけた。

「なんだ？」

「しばらく、極楽屋に寝泊まりしてもらいてえんだ」

「わしが、この店に……」

「そうだ。三度のめしも酒も用意する。……それに、朴念にもここにいてもらうことにしてあるのだ。旦那と朴念、それに、奥に十人ほどの男たちがいる。やつらに匕首を持たせて、殺された仲間の敵討ちだと話しておけば、襲ってきたやつらとやり合うだろう。これだけいりゃァ、菅谷や峰七たちにも後れはとらねえ」

島蔵が一気にしゃべった。

すると、黙って聞いていた右京が、

「おれも、様子を見に来ますよ」

と、小声で言い添えた。

「分かった。そうしよう」

平兵衛も、それだけいれば十分戦えると踏んだ。

第三章　反撃

1

平兵衛と孫八は、空き地の隅の笹藪の陰にいた。ふたりの視線の先には、板塀でかこわれた仕舞屋《しもたや》があった。政蔵が代貸をしている賭場である。平兵衛たちは賭場を見張っていたのだ。

路地沿いに、八百屋や下駄屋などの小店や借家ふうの仕舞屋などがあったが、空き地や笹藪なども目に付いた。人通りのすくない裏路地である。ただ、浅草御蔵や千住街道から近かったので、賭場の客は多いようだ。賭場としてはいい場所である。

陽は沈みかけていた。西の空は茜色の残照に染まり、上空は夜の色を深めていた。笹藪の陰には、淡い夕闇が忍び寄っている。

「そろそろ、出て来てもいいんですがね」

孫八が賭場の戸口に目をやって言った。

平兵衛と孫八は、その場に身をひそめて賭場の客が出て来るのを待っていた。ともかく、賭場の客になかの様子を聞いてみようと思い、孫八とふたりで極楽屋から足を運んで来たのである。

平兵衛たちが、この場に身をひそめて半刻（一時間）ほど過ぎた。ひとり、ふたりと賭場に入っていく客らしい男の姿はあったが、出てくる者はいなかった。

「まだ、賭場がひらかれて間がないのだろう。もうすこし待とう」

途中で出て来るとしても、まだ早い、と平兵衛は思った。

それから半刻すると、辺りは濃い夕闇につつまれてきた。西の空の残照も赭黒く染まり、夜の色に変わりつつあった。上空には、かすかに星のまたたきも見られた。

「旦那、だれか出て来やしたぜ」

孫八が、声を殺して言った。

ふたり連れだった。小袖を尻っ端折りし、股引に草履履《ぞうりば》きである。職人ふうだった。ふたりとも二十代半ばと思われる。博奕の目が出なかったのだろう。肩を落として、平兵衛たちのいる方に近付いてくる。

平兵衛と孫八は、ふたりをやり過ごしておいて路地へ出た。

「ちょいと、待ってくれ」

孫八が後ろから声をかけた。

ふたりは、驚いたように身を硬くして振り返った。賭場を出て間もなく、後ろから呼びとめられたからだろう。

「な、なんでえ」

色の浅黒い大柄な男が、怒ったような顔をして訊いた。声をかけたのが、職人ふうの男と老爺だったので、気が大きくなったのかもしれない。

「ちょいと、訊きたいことがありやしてね」

孫八が腰をかがめ、愛想笑いを浮かべながら近付いた。

「何が訊きてえ？」

「今日は目が出なかったようで……」

孫八はそうつぶやくと懐から巾着を取り出し、一朱銀を摘みだして、

「ふたりで、一杯やってくだせえ」

と言って、大柄な男の手に握らせてやった。

「おっ、こいつはすまねえ」

とたんに、大柄な男の顔がくずれた。もうひとりの痩せた男も、目尻を下げている。

「道端につっ立ってたんじゃァ、目立っていけねえ。歩きながら話しやしょう」

そう言って、孫八が歩き出すと、ふたりの男も跟《つ》いてきた。

平兵衛は三人の後ろから歩いた。ここは、孫八にまかせておこうと思ったのである。

「あっしらも、手慰《てなぐさ》みが好きでしてね。覗いてみてえんだが、ちょいと気になることがありやして」

孫八が小声で言った。

「何が気になるんだい」

大柄な男が訊いた。急に打ち解けた物言いになった。袖の下をもらった上に、孫八たちも博奕好きと聞いて、安心したのだろう。

「小耳にはさんだんだが、賭場に出入りする客が、つづけてふたりも殺されたそうじゃァねえか」

孫八が顔をしかめて言った。

「知ってるぜ。浅次郎と寅六だ」

大柄な男が小声で言うと、痩せた男が顔をこわばらせてうなずいた。

「賭場の帰《けえ》りに狙われて、バッサリじゃァ、おちおち賭場に座っちゃいられねえ」

孫八が首をすくめて言った。

「その心配はねえぜ。くわしいことは知らねえが、浅次郎たちが女を手籠にし、その恨みを買って、仕返しに斬られたらしいからな」

「そうなのかい。ひとり、逃げた男がいると聞いたがな」

孫八は、右京と朴念から浅次郎と寅六を始末したときの様子を聞いていたのだ。

「利根吉だよ」

「利根吉は、まだ賭場にいるのか。怖がってねえのかい」

孫八は言葉巧《たく》みに、政蔵の手下たちのことを話題にした。

「そんなこたァねえ。菅谷の旦那や弥助たちと、出歩いているようだぜ」

「弥助も、賭場にいるのかい」

弥助は政蔵の手先だろう、と孫八は踏んだ。

「いるよ」

「峰七という男もいるのかい」

「峰七なァ。客かい」

「いや、政蔵の子分らしいがな」

「知らねえな」

大柄な男の顔に、不審そうな表情が浮いた。孫八が政蔵の手下のことまで執拗《しつよう》に訊いたからだろう。

話がとぎれたとき、平兵衛が後ろから、

「政蔵は、代貸と聞いたがな」

と、声をかけた。

「爺さん、くわしいな」

大柄な男が、後ろを振り返った。

「なに、むかし耳にしたのを覚えてたのだ。それで、貸元はだれだい」

政蔵が賭場をまかされているとしても、別に貸元がいるはずである。

「馬道の親分と聞いた覚えがあるぜ」

大柄な男が小声で言った。

「馬道の虎か……」

平兵衛は馬道の虎のことを知っていた。もっとも、何年も前に噂を聞いただけである。

博奕打ちの親分とのことだった。浅草寺脇の馬道町の生まれで、背中に虎の入れ墨があることから馬道の虎と呼ばれているらしい。

「おれたちは、もう行くぜ」

そう言って、大柄な男が急に足を速めた。痩身の男が、慌てた様子で後を追った。孫八と平兵衛が執拗に、政蔵たちのことを訊くので気味が悪くなったのかもしれない。

「いくらか、様子が知れてきたな」

平兵衛が、小走りに去っていくふたりの背を見ながら言った。

「旦那、次はどうしやす」

孫八は訊いた。

「利根吉だな。利根吉なら、政蔵たちのことにくわしいだろう」

平兵衛は、利根吉を捕らえて口を割らせれば、手っ取り早いと思った。

「利根吉は、あっしが探りやすよ」

孫八は、まず手引き人として利根吉の動向を探ろうと思ったのだ。平兵衛の出番は、その後である。

「そうしてくれ」

2

「安田の旦那、やつが利根吉でさァ」

孫八が声を殺して言った。

「やっと、姿を見せたな」

平兵衛と孫八は、門前町の掘割沿いにいた。新緑でつつまれた柳の樹陰に身を隠していたのだ。

孫八が聞き込みや尾行で、利根吉の動向を探るようになって四日目だった。孫八は、利根吉が掘割沿いにある喜八屋《きはちや》という一膳めし屋に、よく顔を出すことをつかんできて平兵衛に報《しら》せた。

「ならば、喜八屋の近くに張り込むか」

ということになり、この場に来ていたのだ。

平兵衛たちは、利根吉が喜八屋に来るとすれば、暮れ六ツ（午後六時）前後であろうと見当をつけ、七ツ半（午後五時）ごろからこの場で待ち伏せていた。

そして、暮れ六ツの鐘が鳴ってから小半刻（三十分）もして、やっと利根吉が姿を見せたのである。

利根吉は、慣れた手付きで喜八屋の縄暖簾をくぐり、店内に入っていった。

「さて、わしたちも、めしを食うか」

「へい」

平兵衛と孫八は、利根吉が喜八屋に入ったら自分たちも店に入って腹ごしらえをしようと話してあった。利根吉は平兵衛と孫八の顔を知らないので、不審をいだかれることはないだろう。

店のなかは混んでいた。職人、大工、船頭、店者らしい男などが、土間に置かれた飯台のまわりに腰をかけてめしを食ったり、酒を飲んだりしていた。

「旦那、あそこがあいていやすぜ」

孫八が隅の飯台を指差した。

「そこにしよう」

利根吉は、斜め前の飯台に腰を下ろしていた。あいている飯台には、背をむけているので都合がよかった。

平兵衛と孫八が飯台に腰を下ろすと、小女《こおんな》が注文を訊きにきた。ふたりは、菜めしと酒を一本ずつ頼んだ。利根吉を見ると、銚子を前に置いて猪口をかたむけている。

平兵衛と孫八は、菜めしで腹ごしらえをし、銚子の酒をチビチビと飲んだ。利根吉が腰を上げるのを待っていたのである。

平兵衛たちが店に入って、半刻（一時間）ほどしたとき、利根吉が腰を上げた。つづいて平兵衛たちも腰を上げ、銭を払って店の外へ出た。

屋外は夜陰に染まっていたが、上空に月が出ていたので、ぼんやりと利根吉の姿を見ることができた。半町ほど先である。利根吉はゆっくりした足取りで、賭場の方へ歩いていく。

「旦那、あっしが先まわりしやすよ」

孫八が、すぐに脇道に入った。脇道をたどって、利根吉の前方に出るのである。

平兵衛はすこし足を速めて、利根吉との間をつめた。

間がつまると、利根吉は背後の足音に気付いたらしく、振り返って平兵衛を見た。だが、気にした様子はなく、また前をむいて同じ歩調で歩きだした。年寄りとみて、安心したのであろう。

さらに、平兵衛は利根吉との間をつめた。

そのとき、利根吉の足がとまった。前方に孫八が立っているのを見たのである。孫八が小走りに近寄ってくる。

と、平兵衛が抜刀した。

八相に構え、利根吉にむかって疾走した。月光を反射《はね》た刀身が銀《しろがね》色にひかり、夜陰を切り裂いていく。

利根吉が、孫八から逃げようとして反転した。

ギョッ、としたように利根吉が立ち竦んだ。白刃をかざして迫る平兵衛の姿が、眼前に見えたのである。それは、頼りなげな老爺の姿ではなかった。牙を剝いた野走獣のようであった。

「や、やろう！」

ひき攣《つ》ったような声を上げ、利根吉が懐から匕首を取りだした。

利根吉が眼前に迫ってくる平兵衛に、匕首を突き出そうとしたときだった。

フッ、と平兵衛の姿が視界から消えた。一瞬の体捌《たいさば》きで、脇に跳んだのである。

キラッ、と刀身がきらめいた。八相から腰を沈めながら横に払った刀身が月光を反射《はね》たのだ。

次の瞬間、皮肉を打つ鈍い音がし、利根吉の上体が前にかしいだ。平兵衛の峰打ちが利根吉の腹を強打したのだ。

利根吉が腹を押さえてうずくまった。苦しげな呻き声を上げている。

そこへ、孫八が駆け寄ってきて、匕首の切っ先を利根吉の首筋にむけた。

「おとなしくしねえと、喉を掻っ斬るぜ」

孫八は利根吉を立たせると、路傍の樹陰に連れていった。

辺りは静かだった。人影も人家もない。ひっそりと夜陰につつまれている。多少物音をたてても、見咎《みとが》められる恐れはなさそうだ。

「て、てめえたちは、だれだ」

利根吉が、恐怖に顔をゆがめて訊いた。

「地獄の鬼だよ」

平兵衛がくぐもったような声で言った。月光に浮かび上がった顔は、剣客らしい凄味があった。表情がひきしまり、双眸《そうぼう》が切っ先のような鋭いひかりを帯びている。

「なに……」

平兵衛にむけられた利根吉の視線が、怯《おび》えるように揺れた。

「地獄屋の殺し人と言えば、分かるかな」

平兵衛がそう言うと、利根吉がハッとした表情を浮かべた。

「では、訊く」

平兵衛が、利根吉を射るような目で見すえた。

「まず、地獄屋を襲った者たちだ。菅谷の他は？」

「し、知らねえ」

利根吉が声を震わせて言った。

「一味にくわわっていたおまえが、知らぬはずはあるまい」

言いざま、平兵衛は切っ先を利根吉の頬に当てて引いた。

ヒイイッ！

利根吉が、喉の裂けるような悲鳴を上げて首をすくめた。

頬に赤い血の線が走り、ふつふつと血が噴き、いくつもの赤い筋を引いて流れ落ちた。頬が赤い簾《すだれ》のように染まっている。

「もう一度訊く。菅谷、峰七、浜次郎、その他は」

平兵衛は低く抑揚のない声で言った。それがかえって不気味だった。峰七と浜次郎の名は、島蔵から聞いていたのだ。

「弥助、直吉、利三郎……」

利根吉が、凍りついたように身を硬くして言った。

平兵衛は、峰七や浜次郎たちの人相、体軀などを訊いた後、

「もうひとり、大久保という牢人がいたな」

と、訊いた。

「ときどき、賭場に遊びにくる旦那でさァ」

「大久保は、政蔵に頼まれたのか」

「そのようで……」

「おまえたちは、どういうわけで、極楽屋を襲ったのだ」

「仕返しでさァ。浅次郎の兄いと寅六が、殺られちまったんで……」

利根吉が蚊の鳴くような声で言った。

「仕返しを指図したのは、だれだ」

やはり、浅次郎と寅六を殺された意趣返しのようである。

「だ、代貸でさァ」

「浅次郎と寅六は、政蔵の子分だったのか」

平兵衛は、子分の敵討ちにしても、八人もの人数をそろえて極楽屋を襲うとは思えなかった。

「子分じゃァねえ。代貸は、浅次郎の兄いを親分から預かってたんだ」

「親分からだと」

政蔵の親分といえば、馬道の虎こと源右衛門であろう。

「すると、浅次郎は源右衛門の子分なのか」

「子分じゃァねえ。実の子だ」

「そういうことか」

平兵衛は、事情が飲み込めた。政蔵はあずかっていた親分の倅を殺され、浅次郎を手にかけた殺し人たちを始末しないと親分に対して顔がたたなくなったのではあるまいか。あるいは、源右衛門から、敵を討て、と命じられたのかもしれない。

平兵衛が黙考していると、

「あっしは、帰らせていただきやす」

利根吉が平兵衛を上目遣いに見上げながら、その場を離れようとした。

「利根吉」

平兵衛が声をかけた。

「ヘッ」

利根吉が首をすくめて立ち竦んだ。

「おまえを帰すわけにはいかんな」

言いざま、平兵衛が手にした刀を一閃させた。

にぶい骨音がし、利根吉の首がかしいだ瞬間、首根から血が赤い帯のように夜陰にはしった。平兵衛の一撃が、利根吉の首の血管《ちくだ》を斬ったのである。

利根吉の姿が、血を噴出させながら夜陰のなかに沈んだ。悲鳴も呻き声も聞こえなかった。血の流れ落ちる音が、物悲しく聞こえるだけである。

「極楽屋にもどろう」

平兵衛が小声で言った。

3

極楽屋に、嘉吉が走り込んできた。だいぶ、急いで来たと見え、顔が紅潮している。

嘉吉は荒い息を吐きながら、

「親爺さん、妙なのがふたりいるぜ」

と、島蔵に言った。

「どんなやつだ」

島蔵が訊いた。脇に、朴念、仙太、五三郎《ごさぶろう》、留助《とめすけ》がいた。嘉吉を取りかこむように立っている。五三郎と留助も、極楽屋で暮らしている男である。

平兵衛、右京、孫八の姿はなかった。三人は、政蔵たちを探りに出ていたのだ。

「川並みてえな格好をしてるが、ちがうようだ」

嘉吉によると、川並にしては太り過ぎていて体にしまりがないという。

「そいつら、何をしてるんだ？」

「要橋のそばの木の陰で、店の方に目をむけていやした」

「政蔵の手先にちげえねえ」

島蔵のギョロリとした目がひかった。

「この辺りは、おれたちの縄張《シマ》だ。朴念、嘉吉、ふたりに地獄の恐ろしさを思いしらせてやれ」

島蔵が言うと、

「親分、あっしらもやるぜ。殺られた猪吉たちの敵だ」

と、仙太が声を上げた。五三郎と留助が、目を剝いてうなずいた。

「よし、おめえたちは、逃げ道を塞《ふさ》げ、殺るのは朴念と嘉吉にまかせりゃァいい」

「へい」

仙太が答えた。

朴念たちは、すぐに板場から店の脇に出た。店先から出なかったのは、見張っているふたりの男の目から逃れるためである。

「草薮のなかを抜けて、仙台堀沿いに出るんだ。音をたてねえように歩けよ」

朴念が、仙太たちに指示した。

朴念につづいて、仙太たちが茅や葦の茂った草薮のなかに踏み込んだ。

朴念たちは仙台堀沿いの道へ出ると二手に分かれた。朴念と五三郎が堀沿いの道を要橋にむかい、嘉吉、仙太、留助の三人は、すこし遠まわりになるが別の橋を渡って要橋の向こう側に出るのである。

朴念と五三郎は、道沿いの樹陰や民家の陰などに身を隠しながらゆっくりと要橋に近付いた。急ぐことはなかった。遠まわりした嘉吉たちが、要橋の向こう側に着くまで待たなければならないのだ。

小半刻（三十分）ほどもかけて、朴念と五三郎は要橋の近くにまで来た。

「朴念さん、あの柳の陰に」

五三郎が小声で言った。

見ると、橋のたもとの柳の陰に人影があった。ふたりいる。わずかしか見えないが、細い黒の股引姿であることは分かった。川並のような格好である。

「よし、嘉吉たちが来るのを待とう」

朴念は堀沿いの土手に群生した葦の陰から、仙台堀の対岸に目をやった。まだ、堀沿いの道に嘉吉たちらしい人影はなかった。

「さて、支度《したく》するか」

朴念は、懐から革袋に入っている手甲鈎を取りだした。

手甲鈎を嵌め終えたとき、

「来やした！」

五三郎が言った。

対岸の道に、嘉吉たちらしい人影が見えた。遠方ではっきりしないが、嘉吉たちらしい。物陰に身を隠すようにして、要橋に近付いてくる。

「行くぞ！」

朴念は葦の陰から通りに出た。

朴念と五三郎は、堀沿いに繁茂した丈の高い葦の陰をたどるようにして、橋のたもとに近付いていく。

朴念は、ひそんでいるふたりの男まで半町ほどに近付いたとき、

「五三郎、後から来い」

と言い置き、いきなり疾走した。

巨漢だが、足は速い。黒の道服姿の朴念が疾走する姿は、獲物を追って走る巨熊のようだった。

樹陰の人影が揺れた。朴念に気付いたようだ。ふたりは慌てた様子で橋のたもとに出てきた。闘うか逃げるか、迷っているふうだ。

かまわず、朴念は走った。一気に、ふたりの男に迫っていく。

「逃げろ！」

ひとりの男が反転した。

もうひとりがつづく。ふたりは要橋を渡って逃げようとした。

その背後に、朴念が迫る。

橋のなかほどまで行ったところで、ふたりの男の足がふいにとまった。橋の向こう側から来る嘉吉たちに気付いたのだ。

「ちくしょう！」

叫びざま、大柄な男が懐から匕首を取りだした。この男は、弥助だった。

もうひとりは中背だった。直吉である。直吉も匕首を手にした。ここは、闘うしかないと踏んだようだ。

「てめえ！　極楽屋の者だな」

弥助が目をつり上げた。

「極楽じゃァねえ。地獄の鬼だよ」

朴念は手甲鈎をかざして、ゆっくりと歩を寄せた。顔が赭黒く怒張し、両眼をカッと見開いている。まさに、鬼のような形相である。

「鬼の爪を味わってみな」

朴念はゆっくりと橋上を歩いた。

橋の向こう側から、嘉吉、仙太、留助が近付いてくる。三人の手には匕首が握られ、獣の牙のようにひかっている。

橋上の弥助と朴念との間合が三間半ほどに迫ったとき、

「化け物め！」

弥助が一声上げて、つっ込んできた。

前屈みの格好で、匕首を顔の前に構えている。動きが俊敏だった。こうした喧嘩になれているらしい。

走り寄りざま、弥助が掬《すく》うように匕首を振り上げた。匕首の切っ先が、朴念の首筋に伸びる。

オオッ！

と野太い気合を発し、朴念が手甲鈎を振り下ろした。

瞬間、にぶい骨音がし、匕首の切っ先が足元に落ちた。弥助の右腕がダラリと垂れている。手甲鈎の一撃が、突き出した弥助の右腕を強打し、骨を砕いたのだ。

ギャッ！という絶叫を上げて、弥助が後じさった。右腕は垂れたままである。

「た、助けて！」

弥助が後じさった。顔が恐怖にひき攣《つ》っている。

すかさず、朴念が手甲鈎を振りかざして間合をつめた。

弥助が逃げようとして反転したとき、朴念が踏み込みざま手甲鈎を振り下ろした。一瞬の動きである。

ゴツン、と音がし、弥助の首が沈んだように見えた瞬間、頭部が割れ、柘榴《ざくろ》のようにひらいた傷口から血と脳漿が飛び散った。

弥助が身を捩《よじ》るようにして倒れた。悲鳴も呻き声も聞こえなかった。横たわった弥助は四肢を痙攣させ、頭から血を流している。

朴念は直吉に目を転じた。

直吉は橋上で腹を押さえてうずくまっている。脇に嘉吉が立っていた。手に匕首を握りしめている。直吉の着物の腹のあたりが血に染まっていた。嘉吉の匕首で、腹をえぐられたらしい。

「嘉吉、片が付いたようだな」

朴念が近付いて声をかけた。

うずくまった直吉は、低い呻き声を上げていた。顔は土気色をしている。長くはもたないだろう。

「おれが、とどめを刺してやる」

言いざま、朴念は手甲鈎の爪を直吉の首筋に当てて引き裂いた。

ドクドクと、血が流れ出た。手甲鈎の爪が、首の血管《ちくだ》を斬り裂いたのだ。血は見る間に直吉の上半身を染めていく。

直吉は血を噴出させながら前につっ伏した。絶命したようである。

「このふたり、どうしやす」

嘉吉が昂《たかぶ》った声で訊いた。顔が紅潮している。人を刺したことで、興奮しているようだ。嘉吉は手引き人なので、自分で仕留めることはすくないのである。

「橋の上に転がしておくわけにもいくめえ。……土手の草藪のなかにでも、放り捨てておこう」

朴念たちは、弥助と直吉の死体を堀沿いの土手の草藪のなかに投棄した。

「極楽屋で、一杯やろう」

朴念が声を上げた。

4

「なんてえ、ざまだ」

政蔵の顔が憤怒に赭黒く染まっている。

元鳥越町の賭場の奥の座敷である。政蔵は、利三郎から極楽屋を探りにいっていた弥助と直吉が、殺されたことを聞いたのだ。

座敷の隅で酒を飲んでいた菅谷が、

「弥助と直吉には、どんな傷があった」

と、訊いた。

「弥助は頭を割られ、直吉は首を引き裂かれていやした」

利三郎が、こわばった顔で答えた。

「あの坊主の仕業だな」

と、菅谷。

「やはり、地獄屋の殺し人か」

政蔵が顔を憤怒にゆがめた。

「まちがいないな」

「なんてえことだ。……殺し人を始末するどころか、こっちが始末されちまうじゃァねえか。利根吉につづいて三人目だぞ」

「このままだと、おまえもおれもあぶないな」

菅谷は他人事のように言って、湯飲みの酒をゆっくりとかたむけた。

「菅谷の旦那、なんとかしてくださいよ」

政蔵が、急に猫撫で声で言った。

「手が足りんな。戦力は、向こうが上だ」

そう言うと、菅谷は空になった湯飲みに貧乏徳利の酒をついだ。

「大久保の旦那とふたりなら、なんとかなるでしょうよ」

「大久保は、あまり頼りにならんな。たいした腕ではない。町人相手なら役に立つが、殺し人はだめだろう」

菅谷は、どの殺し人も大久保より腕は上だろうとみていたのだ。

「そうですかい……」

政蔵は渋い顔をした。

「政蔵、馬道の親分に相談したらどうだ」

「そんなことはできねえ。ここで、親分に泣きを入れたら、おれが始末されちまう」

政蔵が困惑したように眉宇を寄せた。

「政蔵、金はあるか」

菅谷が声をあらためて訊いた。

「まァ、多少は……」

政蔵は、顔を上げて菅谷に目をむけた。

「あと、百両出せば、おれが腕の立つ男を連れてきてやる」

「百両ですかい」

政蔵が、渋い顔のまま膝先に視線を落とした。

「いやならよせ」

「そのお方とふたりなら、殺し人たちを始末できますかい」

政蔵が上目遣いに菅谷を見た。心底を探るような目である。

「それに、峰七と浜次郎もくわえてな」

菅谷は、峰七と浜次郎は使えるとみていたのだ。

「ようがす、百両積みやしょう」

政蔵が迷いをふっ切るように語気を強くした。

「明日にも、その男を連れてこよう」

そう言うと、菅谷は酒の入った湯飲みを口に運んだ。

翌日の暮れ六ツ（午後六時）過ぎ、菅谷はひとりの武士を連れてきた。賭場は通らず、背戸から直接奥の座敷に連れてきたのだ。

武士は羽織袴姿で二刀を帯びていた。御家人か小身の旗本といった感じである。三十がらみ、面長で浅黒い肌をしていた。蛇のような細い目をしている。中背で痩せていたが、胸が厚く腰がどっしりと据わっていた。剣の修行で鍛えた体であることは一目で知れる。

「名は、八雲連次郎《やぐもれんじろう》」

武士は低いくぐもった声で名乗った。

「八雲は、一刀流の遣い手だ。腕はおれより上かもしれんぞ。それに、おれとちがって、酒もほどほどだよ」

菅谷が言った。

菅谷によると、八雲は少年のころから本郷にある一刀流の笠原道場で修行したという。菅谷と同門である。

「ただし、女好きだ」

菅谷が口元に薄笑いを浮かべて言い添えた。

「……」

八雲は細い目をさらに細めて笑っただけで、何も言わなかった。

八雲は五十石を喰《は》む御家人だった。非役である。酒も博奕も好きではなかったが、好色だった。八雲は非役で暇を持て余していたこともあり、岡場所や吉原に頻繁《ひんぱん》に出かけるようになった。

二十代半ばで道場をやめると、遊女に溺《おぼ》れ、身を持ちくずした。金の都合がつかなくなると、通りすがりの武士に立ち合いを挑み、打ちのめして金品を強奪したり、商家に因縁をつけて金を脅し取ったりするようになった。

いまも、そうした暮らしはつづいていた。潰れ御家人である。

「百両だそうだな」

八雲が低い声で訊いた。

「ただし、殺し人を始末していただいてからですぜ」

政蔵が八雲を上目遣いに見ながら言った。

「前金として、五十両出してもらうか」

「まァ、いいでしょう」

政蔵は長火鉢の引き出しから、切り餅をふたつ取り出し、頼みますぜ、と念を押すように言って、八雲の膝先に置いた。切り餅ひとつ二十五両、都合五十両である。政蔵は前金を要求されることを覚悟して用意しておいたのだろう。

「それで、殺し人は何人だ」

八雲は切り餅を懐にしまいながら訊いた。

「いまのところふたりだが、はっきりした人数は分からねえ」

政蔵が言うと、

「坊主と若い牢人だ。……それに、島蔵という元締めも斬るつもりでいる」

菅谷がそう言って、殺し人たちとのこれまでの経緯をかいつまんで話した。

「菅谷どのとふたりなら、何とかなろう」

そう言って、八雲が立ち上がった。

「おい、どこへ行くんだ」

「吉原にな、久し振りに、馴染みの顔をおがんでくる」

八雲は、口元に笑みを浮かべて座敷から出ていった。

5

「片桐の旦那、大久保の塒が知れやしたぜ」

嘉吉が右京に身を寄せて言った。

四ツ(午前十時)ごろだった。右京は、極楽屋の飯台に腰を下ろして茶を飲んでいた。店の様子を見にきたのである。

このところ、極楽屋は店をとじていた。嘉吉が手引き人の仕事に追われ、店の手伝いができなかったこともあるが、いつ菅谷たちに襲われるか知れなかったので、客を入れられなかったのである。

ただ、極楽屋を塒にしている男たちにはめしを食わしていたので、島蔵はふだんどおりめしの支度に追われていた。

「どこだ」

右京が訊いた。

「福井町《ふくいちょう》でさァ。瓦町《かわらまち》との町境近くで」

浅草福井町は浅草橋の北西にひろがる町で、瓦町と隣接している。

「よく分かったな」

「政蔵の賭場に出入りしている男から耳にし、長屋まで行ってきやした」

嘉吉によると、大久保は長屋の独り住まいだという。

「始末するか」

右京は、大久保が独り暮らしなら斬りやすいと思った。

「旦那ひとりで、やりやすか」

「大久保だけなら、手を借りることはあるまい」

右京は、大久保が極楽屋を襲ったときの戦いぶりを聞いて、それほどの腕ではないとみていた。

「いつ仕掛けやす」

「今日やろう」

右京は早い方がいいと思った。ただ、福井町の長屋に大久保がいなければ、明日出直すことになるだろう。

それから、八ツ（午後二時）ごろまで、右京は極楽屋で過ごした。大久保に仕掛けるにしても、夕方がいいと思ったのである。

陽が西の空にまわってから、右京と嘉吉は、島蔵に大久保を斬りに行くことを伝えて店を出た。

店先まで見送りにきた島蔵が、

「片桐の旦那、お気をつけて」

と小声で言って、ふたりを見送った。

福井町に着くと、嘉吉が先に立った。人通りの多い町筋をいっとき歩くと、左手の路地へ折れた。そこは、裏路地で、小体な店や表長屋などが軒を連ねていた。ぼてふり、長屋の女房らしい女、風呂敷包みを背負った行商人などが行き交い、路地木戸のそばで子供たちが遊んでいる。江戸の裏路地を歩けば、どこででも見かける光景である。

嘉吉が下駄屋の脇に足をとめ、

「あの路地木戸でさァ」

と言って、斜向かいを指差した。

長屋につづく路地木戸がある。木戸の脇で、子供が三人遊んでいた。棒切れを手にして地面に何か描いている。

「ここでは、仕掛けられんな」

右京は路地に目をやって言った。

細い路地だが、結構人通りがあった。惣菜《そうざい》でも買いにきたらしい女房、ふたり連れの娘、職人ふうの男などが歩いていた。路地沿いの小店には、何人かの客がたかっている。ここで斬り合ったら大騒ぎになるだろう。

「とりあえず、やつが長屋にいるか見てきやすよ」

嘉吉が言った。

「そうしてくれ」

「旦那は、ここにいてくだせえ」

そう言い残し、嘉吉は小走りに路地木戸にむかった。

右京が路傍に立って小半刻（三十分）ほど待つと、嘉吉がもどってきた。

「旦那、大久保はいやしたぜ」

嘉吉は、井戸端にいた女房たちに大久保の家を訊き、戸口のそばまで行ってみたという。腰高障子の破れ目から覗くと、大久保らしい男が座敷に胡座をかいて茶を飲んでいたそうだ。

「長屋に踏み込むわけにもいかんな。出てくるのを待つか」

空に目をやると、陽は西の家並の向こうに沈みかけていた。そろそろ暮れ六ツ（午後六時）であろう。大久保は夕めしを食いに行くにしろ賭場に行くにしろ、陽が沈むころには、長屋を出るはずである。

「旦那、この先に稲荷《いなり》がありやした。そこで、待ちやすか」

嘉吉が言った。

「そうしよう」

ふたりは、半町ほど離れた稲荷の杜《もり》の樹陰に身を隠した。杜といっても、古い祠《ほこら》のまわりに数本の樫《かし》や椿《つばき》が枝葉を茂らせているだけである。ただ、ふたりが身を隠すには、十分だった。

右京たちがその場に身を隠して、さらに小半刻（三十分）ほどが過ぎた。辺りは夕闇に染まり、路地にはほとんど人影が見られなくなった。路地沿いの店も表戸をしめている。

「旦那、来やしたぜ」

嘉吉が小声で言った。

大柄な牢人だった。無精髭が顎をおおっている。小袖に袴姿で、大刀を一本落とし差しにしていた。話に聞いていた風体である。

「まちがいない。大久保だ」

大久保は、右京たちのひそんでいる稲荷の方へ歩いてくる。

右京は、この場で大久保を斬ろうと思った。人影はないし、いい機会である。

大久保は懐手をして近付いてきた。

右京は樹陰から出て、刀の鯉口《こいぐち》を切った。大久保は右京たちに気付かないらしく、ニヤニヤしながら歩いてくる。

大久保が十間ほどに迫ったとき、右京は抜刀した。

右京は樹陰から路地に飛び出し、八相に構えて疾走した。刀身が夕闇をすべるように切り裂いていく。

ギョッ、としたように、大久保がつっ立った。一瞬、顔が驚怖にひき攣《つ》ったが、

「殺し人か！」

叫びざま刀の柄を握り、抜刀しようとした。だが、焦ってすぐに抜けない。

タアッ！

右京は鋭い気合を発し、走り寄りざま斬り込んだ。

真っ向へ。神速の斬撃である。

その一颯《いっさつ》が、刀を抜きかけた大久保の真額《まびたい》をとらえた。

大久保の額から鼻筋にかけて血の筋がはしった。次の瞬間、額から血が飛び散った。大久保はよろよろと前に泳いだ。顔が赤い布で覆うように染まっていく。

一瞬、大久保の足がとまったが、すぐに腰からくずれるように転倒した。

地面に横臥《おうが》した大久保は動かなかった。額から迸《ほとばし》り出た血が、地面に流れ落ちてひろがっていく。

右京は血刀をひっ提《さ》げて、倒れた大久保に歩を寄せた。白皙《はくせき》が朱を刷いたように染まっている。双眸が異様なひかりを帯びていた。人を斬殺した気の昂りで、右京の体中で血が駆け巡っているのだ。

「旦那、すげえや！」

走り寄った嘉吉が、昂った声で言った。

「死体を片付けておこう」

右京が低い声で言った。

白皙の朱が薄れ、双眸の異様なひかりも消えていく。右京の気の昂りが、潮の引くように静まってきたのだ。

右京と嘉吉は、倒れている大久保の両腕をつかむと、死体を引き摺《ず》って稲荷の樹陰に運んだ。

「長居は無用」

右京は足早に歩きだした。

嘉吉が跟《つ》いてきた。ふたりの姿を濃い夕闇がつつんでいる。

6

コトッ、と腰高障子が音をたてた。

流し場にいたまゆみは、後ろを振り返った。右京が帰ってきたのではないか、と思ったのだが、風が腰高障子を揺らしただけだった。

まゆみは、岩本町の長屋で右京の帰りを待っていた。土間の隅の流し場で洗い物をしていたのだ。

すでに、夕餉の支度はできていた。めしを炊き、右京の好きな根深汁を作り、鰯が煮付けてあった。右京が帰ってきたらふたりで食べようと支度しておいたのである。

もう、六ツ半（午後七時）を過ぎているだろう。腰高障子の外は夜陰につつまれていた。部屋の隅の行灯《あんどん》が闇を押し退《の》け、畳や枕屏風、ふたりの箱膳などをぼんやりと浮かび上がらせている。

……右京さまに、何かあったのではあるまいか。

まゆみは、右京の身を案じていた。

それというのも、右京は暮れ六ツまでには帰ると言って出たからである。それに、ちかごろ右京は連日家を出て、帰りはいつも暮れ六ツ近くなっていた。

右京は、「旗本屋敷へ、剣術の指南に行く」と言って出ることが多いが、まゆみは、連日のように剣術の指南があるとは思えなかったのである。

……何か危ない仕事をしているのではあるまいか。

まゆみは、不安と心配で胸がしめつけられるようだった。

それから、いっときしたとき、戸口に近付いてくる足音がした。

……右京さまだ！

その足音に覚えがあった。右京である。

まゆみは、急いで腰高障子をあけた。月光のなかに、右京の姿が浮き上がったように見えた。長屋を出ていったときの姿である。

「右京さま」

思わず、まゆみは声をかけた。

「すまぬ。遅くなってしまった」

右京は照れたような顔をして敷居をまたいだ。

「夕餉は、まだでしょう」

「ああ、稽古が遅くまでかかってしまってな」

右京は土間に立つと、腰の大小を鞘ごと抜いて、まゆみに手渡した。

刀を受け取りながら、まゆみは右京の左の袖口が黒く汚れているのに気付いた。肩先にも黒い染みがある。

「血が……」

まゆみが、顔をこわばらせてつぶやいた。

右京はまゆみが目をむけている肩先を見て、戸惑うような顔をしたが、

「こ、これか、鼻血だ」

右京が声をつまらせて言った。

「鼻血……」

まゆみが聞き返した。

「ああ、稽古のときな。おれの木刀の先が、相手の鼻に当たってしまったのだ。それで、血が出てな。着物にも、かかったらしい」

右京は笑みを浮かべて言ったが、いつになく顔がこわばっていた。

「……」

まゆみは、眉宇を寄せて肩先の血を見つめていた。右京の着物に血が付いていたのは、初めてではない。半年ほど前にもあり、そのときも、右京は稽古相手が出血したのだ、と話した。

「稽古は荒いからな。怪我をするときもあるのだ」

そう言うと、右京は座敷に上がった。

その夜、まゆみは右京にそれ以上問わなかったが、何となくよそよそしくなった。胸の底に、右京は、何か隠しているのではないか、との思いがあったからである。

翌日も、右京は、陽が高くなると、剣術の指南に行くと言って長屋を出た。

まゆみは、心配でならなかった。右京が何か危ない仕事をしているのではないか、との思いがまた胸にひろがってきたのである。

まゆみは、朝餉の片付けが終わると、長屋を出た。本所相生町にある庄助長屋に行って、父に右京のことを訊いてみようと思ったのだ。

平兵衛の家の腰高障子をあけると、平兵衛は上がり框《かまち》近くの座敷に座って茶を飲んでいた。斜向かいに住むおしげが、上がり框に腰を下ろしていた。ふたりで、何やら話していたらしい。

「ま、まゆみさん、いらっしゃい」

おしげが、慌てて腰を上げた。すこし皺《しわ》の浮いた顔が、赤らんでいる。

「まゆみ、ひとりか」

平兵衛の顔に照れたような表情が浮いていた。おしげとふたりで、仲睦《なかむつ》まじそうに茶を飲んでいるところを見られたからであろうか。

「まゆみさんにも、茶を淹《い》れますからね」

おしげは、流し場に向かおうとした。

「わたし、いいんです。茶は飲んできましたから」

「そう……」

おしげは、土間に立ったまま戸惑うような顔をした。

「久し振りで、おしげと顔を合わせたのだ」

平兵衛が言った。

すると、おしげがまゆみの方に顔をむけ、

「旦那はね、十日ほども長屋にいなかったんですよ。今日、たまたま長屋に帰ってきたんで、どこへ行ってたのか訊いてたんです。あたし、心配で、まゆみさんのところへ訊きに行こうと思ってたんですよ」

と、訊きもしないことを一気にしゃべった。

「研ぎの師匠のところにな、手伝いを頼まれたもので……」

平兵衛が言いにくそうに顔をゆがめた。

平兵衛は師匠の許《もと》に行っていたのではない。この間、極楽屋にいたのだ。あまり長屋を離れていては、長屋の住人が不審を抱くだろうと思い、今日、たまたま長屋に帰ってきたのである。

「師匠のところへ行くなら、話しておいてくれれば、心配しないのにさ。……あたし、川にでも嵌まったんじゃないかと思って」

おしげが、怒ったような口吻《こうふん》で一気にまくしたてた。言いはじめたら、気持ちが昂ってきたらしい。

「いやァ、悪かった。今度からは、おしげさんにも話していくからな」

平兵衛が首をすくめて言った。

「まゆみさんだって、長屋へ来て旦那がいなければ、心配になりますよねえ」

そう言って、おしげはまゆみに目をむけた。

「ええ……」

まゆみは困惑したような顔をして、上がり框の隅にそっと腰を下ろした。

それから、おしげは、まゆみに右京との暮らしぶりを訊いたり、平兵衛の留守の間の長屋の出来事などをしゃべってから腰を上げた。

おしげが、戸口から出ていくと、

「おしげは、世話好きでいいんだが、すこしおしゃべりだな」

平兵衛が苦笑いを浮かべて言った。

「おしげさん、父上のことを心配してるんですよ」

まゆみは、平兵衛のことを父上と呼んでいた。長屋暮らしだったが、武家の娘のように育てられたからである。

「ところで、まゆみ、右京はどうした」

平兵衛が声をあらためて訊いた。

「剣術の指南に出かけました。……父上、わたし、心配で」

まゆみが、眉宇を寄せて言った。

「何が、心配なのだ」

「右京さま、何か危ない仕事をしているのではないかと思って……」

まゆみは、右京が剣術の稽古と称して、連日長屋をあけることや昨日着物に血が付いていたことなどを話した。

「うむ……」

平兵衛は、右京が殺しの仕事で大久保を斬ったことを知っていた。昨夜、嘉吉から聞いたのである。

「前にも、そのようなことがあったな」

平兵衛は、以前もまゆみから同じようなことを聞いて、剣術の稽古は荒い、ときには血を流すこともあると話して、まゆみの心配を払拭《ふっしょく》してやったことがあったのだ。

「ええ……。でも、ちかごろ帰りも遅いし……」

まゆみが膝先に視線を落とした。

「まゆみ、おまえには話すまいが、右京は鏡新明智流の遣い手なのだ。右京の指南を受けたいという者が、旗本や御家人の子弟には多いと聞いている。連日、指南に出かけてもすこしも不思議はないぞ」

平兵衛は、右京が殺しの仕事にたずさわっていることは口にできなかった。人を殺して得た金で暮らしていることを知れば、まゆみの心は引き裂かれるだろう。平兵衛に対しても、裏切られたと思うにちがいない。

「……」

まゆみは、平兵衛の顔を見つめた。困惑したような表情がある。まだ、不安や疑念は払拭しきれないようだ。

「まゆみ、わしが研ぎ師になる前まで、剣術の稽古に町道場に通っていたと話したことがあったな」

「はい」

まゆみがうなずいた。

「剣術の稽古のおりに血が出るなど、あたり前のことなのだ。……木刀で型稽古《かたげいこ》をすれば、顔や腕を打つこともめずらしくない。鼻血が出たり、肘《ひじ》の皮がめくれて血が出たり、そんなことを気にかけていたら、剣術の稽古はできんぞ」

平兵衛が笑みを浮かべながら言った。

「そうなの」

まゆみの顔がやわらかくなった。平兵衛の話で、いくぶん不安や疑念が払拭されたようだ。

「まゆみは右京の妻になったのだ。……右京の言うことを信じてやれ」

平兵衛が諭《さと》すように言った。

「は、はい……」

まゆみがうなずいた。胸につかえていたものが消えたようである。

平兵衛はほっとしたようなまゆみの顔を見ながら、

……右京が殺し人をつづけるのは、むずかしいな。

と、胸の内で思った。

第四章　代貸斬殺

1

「親爺さん、いやしたぜ。要橋のそばに四人も」

嘉吉が、島蔵に言った。

極楽屋を塒《ねぐら》にしている伊吉《いきち》が、要橋のたもとに武士がふたりと遊び人ふうの男がふたりいた、と話したので、嘉吉が様子を見にいってきたのである。

「その武士は、牢人か」

島蔵が訊いた。

嘉吉と島蔵は板場で話していた。

「ひとりは菅谷だが、もうひとりは御家人ふうでしたぜ」

「すると、別の男が政蔵の手にくわわったのか」

島蔵が渋い顔をした。これまで、政蔵の周辺に御家人ふうの男はいなかったのである。

「やつら、店を見張っていたようでさァ」

嘉吉が言った。

「うむ……。迂闊に、店からも出られねえのか」

「親爺さん、安田の旦那たちに話しておいた方がいいんじゃァねえかな」

「そうだな」

島蔵は濡れた手を前だれで拭くと、店内へ足をむけた。嘉吉も跟《つ》いてきた。

店内には、七、八人の男がいた。平兵衛、朴念、孫八、それに伊吉や留助たちである。それぞれ飯台を前に腰をかけ、茶を飲んだり、酒のはいった猪口をかたむけたりしている。右京の姿はなかった。

平兵衛が右京に会ったおり、「まゆみが心配しているので、次に仕掛けるまでは家にいてやってくれんか」と、話したからである。

島蔵は店に入ってくると、伊吉たちに、

「おめえたちは、奥に行ってろ」

と、声をかけた。どういう話になるか分からなかったので、聞かせたくなかったのであろう。

伊吉たちが、銚子や猪口などを手にして奥へ消えると、

「また、仲間がくわわったようですぜ」

島蔵が切り出し、要橋のたもとに菅谷といっしょに御家人ふうの男がいたことを話した。

「厄介《やっかい》な相手だな」

平兵衛が言うと、

「まったくだ。大久保の次は御家人かい。……これじゃァ、いつになってもけりがつかねえ」

朴念がうんざりしたような顔で言った。

「それに、また、この店を襲うかもしれねえ」

島蔵の顔がけわしくなった。

「そのために、店の様子を探っていたのかもしれんな」

平兵衛も、菅谷たちがふたたび極楽屋を襲う恐れはあるとみた。

「どうすりゃァいいんだい」

孫八が言った。

次に口をひらく者がなく、店内は重苦しい沈黙につつまれた。店の隅で、コトコト

と音がした。暗がりに鼠《ねずみ》でもいるらしい。

「頭を始末するしかあるまい」

平兵衛がつぶやくような声で言った。

「政蔵か」

島蔵が声を大きくした。

トトッ、と鼠の走るような音がし、それっきりで静かになった。鼠がどこかの隙間へもぐりこんだようである。

「そうだ。菅谷たちは、金で動いているはずだ。その金を出しているのは、政蔵であろう。政蔵を始末すれば、菅谷たちも手を引くはずだ」

平兵衛はそう言ったが、内心は親分の源右衛門がどう動くか気になった。源右衛門が政蔵に替わって乗り出してくれば、菅谷たちは手を引かないかもしれない。

……そのときは、また考えればいい。

と、平兵衛は思った。いずれにしろ、政蔵を討たねば、決着はつかないのである。

「政蔵は賭場にいるが、塒は別にあるはずだ。賭場から出るとき、仕掛ければ殺《や》れるぜ」

朴念が言った。

「ともかく、政蔵の動きを探ってみよう」

平兵衛は、政蔵も用心して腕の立つ者を身辺においているのではないかとみていた。

「あっしと、嘉吉とで探りやすぜ」

孫八が言うと、嘉吉がうなずいた。仕留める相手の塒や動向を探るのは、手引き人の仕事である。

「そうしてくれ。……いずれにしろ、政蔵を始末するまで、用心しねえとな」

島蔵が男たちに視線をまわして言った。

翌日から、嘉吉と孫八は動いた。元鳥越町の賭場の近くに身をひそめ、政蔵の跡を尾けたり子分たちの動きを探ったりした。

五日ほどすると、政蔵の塒と動向がはっきりしてきた。政蔵の塒は、柳橋にある桔《き》梗《きょう》屋《や》という小料理屋だった。おときという情婦《いろ》に店をやらせていたのである。

ただ、政蔵は明け方まで賭場にいることが多く、桔梗屋に帰るのは明け六ツ（午前六時）を過ぎて、町筋が動きだしてからだという。

「それに、柳橋まで数人の子分に送らせているんで、仕留めるのは難しいですぜ」

孫八が、店に集まった平兵衛たちに言った。

「桔梗屋から賭場に来るときは？」

島蔵が訊いた。

「七ツ半（午後五時）までには、賭場へ入りやす」

嘉吉が答えた。

「そのときも、子分たちを連れているのか」

脇から、平兵衛が訊いた。

「二、三人でさァ」

嘉吉によると、日中ということもあって、桔梗屋まで政蔵を迎えに行く子分は二、三人だという。

「仕掛けるなら、そのときだな」

平兵衛は、賭場の近くに人家のない寂しい地があるのを知っていた。柳橋から賭場へ行くには、そこを通るはずである。

かりに、平兵衛たちが政蔵を仕留めるのを目撃されたとしても、町方は博奕打ち同士の諍《いさか》いとみてたいした探索はしないだろう。

平兵衛がそのことを話すと、

「よし、そこで政蔵を仕留めよう」

朴念が目をひからせて言うと、嘉吉と孫八がうなずいた。

2

曇天だった。空が厚い雲におおわれている。七ツ（午後四時）ごろだが、辺りは夕暮れ時のように薄暗かった。

風があり、笹藪がザワザワと揺れていた。その笹藪の陰に三人の男が身をひそめていた。平兵衛、右京、朴念である。

そこは、古刹の脇の空き地だった。新堀川沿いの道から半町ほど先の路地沿いだった。路地の先が元鳥越町で、その場から細い路地をたどると政蔵の賭場へ出られる。政蔵は柳橋から賭場へむかうとき、この路地を通るのだ。

平兵衛たちは笹藪の陰にひそんで、政蔵が来るのを待っていた。嘉吉と孫八は、新堀川にかかる橋のたもとで見張っていた。政蔵たちが来れば、先まわりして平兵衛たちに知らせる手筈《てはず》になっていたのだ。

近くに店はなかった。半町ほど先に行くと道幅がひろくなり、仕舞屋や小店などが点在していた。そこは寂しい路地で、ときおり職人ふうの男や風呂敷包みを背負った行商人などが通りかかるだけである。

「そろそろだな」

平兵衛がつぶやくような声で言った。

「安田さん、酒は？」

右京が訊いた。殺しの仕事にかかわっているとき、右京は平兵衛のことを義父上《ちちうえ》とは呼ばず、安田さんと呼んでいた。私情を挟まぬためである。

「見てくれ」

平兵衛は右手をひらいて右京に見せた。

「震えていませんね」

平兵衛の手は、震えていなかった。

平兵衛は殺しの直前になると、気の昂りで体が顫えだす。その顫えをとめるために、平兵衛は酒を用意して飲むことが多かったのだ。

「わしの体が、それほどの相手ではないとみているからだ」

平兵衛は平静だった。気の昂りもない。

相手が町人であり、しかも味方に右京と朴念がいた。まず、後れをとるようなことはないだろう。そのことを平兵衛の体も知っていて、顫えださないのである。

そのとき、朴念が、

「おい、孫八だぞ」

と、声を上げた。

見ると、路地の先に孫八の姿があった。こちらへ走ってくる。

孫八は平兵衛たちのそばに走り寄ると、

「政蔵たちが来やす」

と、息をはずませて言った。走りづめで来たらしく顔が紅潮し、汗が浮いている。

「子分は？」

すぐに、平兵衛が訊いた。

「三人でさァ」

孫八によると、いずれも町人で武士はいないという。

「嘉吉はどうした」

嘉吉も孫八といっしょに見張っていたはずである。

「やつらの跡を尾けてくるはずでさァ」

嘉吉は政蔵たちをやり過ごしておいて、跡を尾けてくるそうだ。別の道を使わないともかぎらないので、そうしたという。

「よし、支度をしよう」

平兵衛が右京と朴念に声をかけた。

支度といっても、平兵衛は筒袖に軽衫姿で来ていたので、刀の目釘を確かめるだけである。右京はすばやく袴の股立を取った。朴念は手甲鈎を取り出して右手に嵌めている。

「来やした！」

孫八が声を殺して言った。

四人の男の姿が見えた。遠方ではっきりしないが、いずれも町人である。政蔵たちにまちがいないようだ。

先頭に、縞柄の着物を裾高に尻っ端折りした男がいた。その背後に、羽織姿の恰幅《かっぷく》のいい男が歩いてくる。政蔵らしい。

平兵衛たちは政蔵たちが近付いてくるのを待った。

四人が近付くと、話し声や足音が聞こえてきた。政蔵が卑猥なことでも口にしたのか、手下たちの間から下卑た笑い声がおこった。

平兵衛は抜刀した。一気に駆け寄って、政蔵を仕留めるつもりだった。

政蔵たちが、平兵衛たちの前にさしかかった。まだ、平兵衛たちに気付いていない。

行くぞ！　と、平兵衛は口の動きだけで右京と朴念に伝え、笹藪の陰から飛び出した。右京と朴念がつづく。

突如、笹藪が揺れ、ザザッ、と激しい音がひびいた。

政蔵たちが、その場に凍りついたようにつっ立った。一瞬、何が飛び出してきたのか分からなかったのであろう。

「こ、殺し人だ！」

政蔵が、ひき攣《つ》ったような声を上げた。

「やろう！」

先頭にいた男が、懐から匕首を取り出した。この男は、利三郎だった。他のふたりも、匕首を手にした。政蔵を守るつもりらしい。

政蔵は恐怖に顫えながら後じさった。

平兵衛は、刀を低い八相に構えたまま政蔵にむかって疾走した。老いを感じさせない敏捷《びんしょう》な動きである。顔がひきしまり、双眸が猛禽《もうきん》のようにひかっている。相手を竦《すく》ませるような凄みがあった。

右京は利三郎にむかって走り寄った。右京も刀を手にし、八相に構えている。朴念は政蔵の背後にいた若いふたりの子分に駆け寄った。

右京と朴念の動きで、政蔵を守ろうとしていた三人の男がばらけた。

イヤァッ！

裂帛《れっぱく》の気合を発し、平兵衛が政蔵に斬り込んだ。

走り寄りざま、八相から袈裟へ。

ザクリ、と肩から胸にかけて裂け、政蔵が絶叫を上げて身をのけ反らせた。

鋭い一撃が、政蔵の肩先から腋へ抜けた。

一瞬ひらいた傷口から截断された鎖骨が覗いたが、すぐに血が迸《ほとばし》り出た。政蔵が顔をゆがめて、後ろへよろめく。

なおも、平兵衛は追った。目がつり上がり、返り血を浴びた顔が赤く染まっている。まさに、刹鬼のような形相である。

平兵衛は後じさる政蔵に身を寄せざま、
ヤアッ！

鋭い気合を発し、刀身を横一文字に一閃させた。

次の瞬間、にぶい骨音がして政蔵の首が垂れ下がった。首の皮一枚を残し、頸骨ごと截断したのだ。

首根から血が驟雨のように飛び散った。政蔵は首を垂らしたまま腰からくずれるように転倒した。

政蔵の体は地面に横臥したが、首はねじれて仰向けになっていた。目を剝き、口をひらいたまま表情がかたまっている。その顔のまわりに、首根から流れ出た血が赤くひろがっていく。

平兵衛は右京と朴念に目を転じた。

右京は利三郎を仕留めたらしく、血刀をひっ提げたまま路傍に立っていた。その足元に血まみれになった男が横たわっている。利三郎である。

孫八も右京のそばにいた。横臥した利三郎に目をやっている。

朴念はひとりの男を追っていた。若い男が喉の裂けるような悲鳴を上げて、逃げていく。もうひとりは斃《たお》したらしく、顔を両手でおおい、地面にうずくまっていた。苦しげな呻き声を上げている。おそらく、朴念の手甲鈎で、顔を引き裂かれたのであろう。

朴念は、追うのをあきらめたらしく足をとめた。若い男の逃げ足が速かったのである。

……逃がしてもよい。

と、平兵衛は胸の内でつぶやいた。

菅谷や政蔵の手下たちには、政蔵を斬ったのは殺し人だと分かるだろう。若い手下まで、皆殺しにする必要はなかったのだ。

朴念は平兵衛たちのそばに駆けもどると、

「ひ、ひとり、逃げられた」

と、喘ぎながら言った。

「いいだろう。わしらの狙いは、政蔵だ」

平兵衛が腰に下げていた手ぬぐいで、顔の返り血をぬぐいながら言った。

「死体はどうします?」

右京が訊いた。

「笹藪の陰へ運んでおこう」

通りかかった者が、血まみれの死体を見て驚くだろう。

平兵衛たちが三人の死体を運び始めると、嘉吉も姿を見せ、五人で死体を笹藪の陰に運んだ。

「右京、血は付いてないか」

平兵衛が右京の着物に目をやって訊いた。

「返り血を浴びないように斬りました」

そう言って、右京が苦笑した。

3

座敷の隅に、燭台が置かれていた。その火を映した目が、赤くひかっている。源右衛門の顔は赭黒く染まり、怒張したように膨れていた。たるんだ頬の肉が、ピクピクと震えている。

駒形町の清水屋の二階の座敷である。六人の男が酒肴の膳を前にして座っていた。源右衛門、菅谷、八雲、峰七、浜次郎、それに勇造《ゆうぞう》という源右衛門の腹心だった。勇造は五十がらみ、小柄で痩せていた。肌が浅黒く、切れ長の目が底びかりしている。酷薄そうな顔をした男である。

「政蔵が殺《や》られたそうだな」

源右衛門が不機嫌そうな顔をして訊いた。

政蔵が殺された二日後だった。源右衛門が、勇造に指示して、菅谷や峰七たちを清水屋に集めたのである。

「殺し人に殺られやした」

峰七がこわばった顔をして、政蔵がふたりの手下とともに、賭場に来る途中で待ち伏せされて殺されたことを話した。

「倅の浅次郎につづいて、代貸の政蔵まで殺られたのかい。これじゃァ、おれの顔は丸潰れだ」

源右衛門の怒りに燃えた目が、集まった男たちを睨むように見すえている。源右衛門の胸の内では、怒りが煮え滾《たぎ》っていた。いずれ跡を継がせようと考えていた浅次郎を殺され、今度は右腕だった政蔵を殺されたのである。

「面目ねえ……」

峰七と浜次郎が、視線を膝先に落とした。

菅谷と八雲は、表情も動かさなかった。菅谷は相変わらず、手酌で酒をついで杯をかたむけている。

「それで、殺ったのは坊主と若い牢人のふたりかい」

源右衛門が訊いた。

「それが、吉助《きちすけ》の話だと年寄りがひとりいて、そいつが代貸を斬ったらしいでさァ」

吉助は、政蔵が平兵衛たちに襲われたとき、ひとりだけ逃げた男である。

「年寄りだと」

「へい、そいつは頼りなげな年寄りだが、物陰から狼のように走り寄り、いきなり代貸に斬りつけたそうなんで」

「平兵衛だ……」

源右衛門の顔がけわしくなった。

そのやり取りを聞いた菅谷が、手にした杯を口元でとめたまま、

「その男を知っているのか」

と、源右衛門に訊いた。

「おれも、噂を聞いたことがあるだけだ。年寄りだが、人斬り平兵衛と呼ばれる凄腕の殺し人だそうだよ」

「そいつが、地獄屋にくわわっているのか」

「そうらしいな」

「となると、殺し人は三人か」

菅谷は手にした杯をゆっくりとかたむけた。

「菅谷の旦那、斬れますかい」

源右衛門が菅谷に目をむけて訊いた。

「斬れんことはない。何人いようが、ひとりひとり斬ればいいことだ」

「三人始末してくれれば、もう百両くわえやしょう」

源右衛門が低い声で言った。

「まァ、いいだろう。ただ、峰七と浜次郎の手は借りるぞ。殺し人たちの居所が分からないと、仕掛けられんからな」

そう言うと、菅谷は銚子を手にし、脇に座している八雲に酒をついでやった。手にした銚子がかすかに震えていた。酒のせいである。

源右衛門と菅谷のやり取りが途絶えたとき、

「親分、元鳥越町の賭場はどうしやす」

と、峰七が訊いた。

「賭場はしめてあるのか」

「へい、代貸がいなくなっちまったんで、しめやした」

「すぐ、あけろ。三日もすりゃァ、客は逃げちまうぜ」

源右衛門は脇に座している勇造に顔をむけ、

「おめえが、今日から元鳥越町の賭場を仕切れ」

と、指示した。

「へい」

勇造は表情も変えずにうなずいた。

それから半刻（一時間）ほどして、菅谷と八雲は清水屋を出た。上空で弦月がかがやいていた。春らしいやわらかな川風が吹いている。

ふたりは、大川端を川下にむかってぶらぶら歩いた。汀《みぎわ》に寄せる川波の音が、足元から絶え間なく聞こえてきた。大川の川面は月光を反射《はね》て銀色にひかり、波の起伏を刻みながら両国橋の彼方《かなた》までつづいている。

「おれも、安田平兵衛という男の噂を聞いたことがある」

八雲がつぶやくような声で、五、六年も前に、吉原で顔を合わせた牢人者から聞いたと言い添えた。

「どんな噂だ」

「虎の爪なる剣を遣うとか」

「虎の爪だと」

菅谷が聞き返した。

「どのような刀法か分からぬが、袈裟に深く斬り落とすようだ。牢人がいうには、傷口から截断された肋骨が覗き、それが白く獣の爪のように見えることから、虎の爪と呼ばれているそうだよ」

「うむ……」

菅谷の目がひかった。

「殺し人のなかでも、遣い手とみていいだろう」

八雲が言った。

「そいつは、おれに斬らせてくれ」

菅谷が八雲に顔をむけて言った。剣客らしい凄みのある顔に豹変《ひょうへん》していた。体の顫えもとまっている。

「菅谷どのに、まかせよう」

八雲はまったく表情を変えなかった。

ふたりは、しばらく黙ったまま歩いた。夜陰のなかで、大川の流れの音が地響きのように聞こえてくる。

「八雲、もうすこし飲むか」

菅谷が、大川の川面に目をやって訊いた。これまでのしまりのない顔にもどっている。

「いや、おれは酒より女の方がいい。……柳橋に馴染みの女がいるので、覗いてみる」

そう言って、八雲が口元に薄笑いを浮かべた。

4

「今日は、剣術の稽古ではないぞ」

右京の顔に笑みが浮いている。

戸口まで見送りにきたまゆみが、不安そうな顔で、今日も剣術の稽古ですか、と訊いたからだ。

「義父上と永山堂《えいさんどう》に行くことになっているのだ」

永山堂は、日本橋にある刀屋だった。

右京は刀剣が好きで、名刀の蒐集家《しゅうしゅうか》ということになっていた。右京がときおり研ぎ師をしている平兵衛の許を訪ねるのも、手に入れた刀を研いでもらうためだとまゆみには話していた。その実、殺しの相談に行っていたのである。

永山堂に行くことも、平兵衛を長屋から連れ出す口実にしていた。ふたりで殺しに出かけるおり、永山堂へ行くとまゆみに話して長屋を出ることがあったのだ。

まゆみと所帯を持ってから、右京は刀の話はあまりしなくなった。嘘がばれるからである。ただ、これまでの経緯もあるので、右京が手に入れた刀は実家に置いてあることにしてあった。

「父上といっしょに」

まゆみが、ほっとしたような顔をした。

「そうだ。今日は、陽が沈むまでに帰ってくるよ」

そう言い置いて、右京は戸口から離れた。

右京は柳原通り《やなぎわら》へ出ると、両国橋へ足をむけた。日本橋方面とは逆である。極楽屋へ行くつもりで、大川にかかる両国橋を渡り、本所から深川へ出た。

五ツ半（午前九時）ごろだった。右京は深川の町筋を歩きながら、

……今日は、早く帰ろう。

と、思った。極楽屋で島蔵や平兵衛から、その後の政蔵の手先や菅谷たちの動向を訊くだけで、帰るつもりだった。

極楽屋の店先に縄暖簾が出ていた。商売を始めたらしい。

店内には、平兵衛、朴念、孫八、それに房造の姿があった。房造は傷が癒《い》えて、軽

い仕事に出られるようになっていたのだ。

他の客の姿はなかった。もっとも、日中はふだんから客はすくなかった。朴念だけが酒を飲み、平兵衛たちは茶を飲んでいる。

「右京、ここへ」

平兵衛が脇の空き樽に手をむけた。

「変わったことは、ありませんか」

右京が空き樽に腰をかけて訊いた。

「ない、静かなものだ」

朴念が猪口を手にしたまま言った。坊主頭と顔が赭黒く染まっている。いつもの茹で蛸のような顔である。

「賭場はどうなった？」

「ひらいてるようですぜ」

孫八が小声で答えた。

そこへ、島蔵が顔を出した。板場にいたらしい。大きな手が濡れている。おそらく、嘉吉も板場にいるのだろう。

「片桐の旦那、酒にしやすか」

島蔵が訊いた。

「いや、茶でいい」

今日は、永山堂へ行くと言って、長屋を出てきたのである。酔って帰るわけにはいかなかったのだ。

島蔵はすぐに板場の方へもどり、

「嘉吉、片桐の旦那は茶だそうだ」

と声をかけてから、右京の斜向かいに来て腰を下ろした。このまま話にくわわるつもりらしい。

「だれが、賭場を仕切っているのだ」

右京が訊いた。

「別の代貸が来たようでさァ」

「勇造らしい。源右衛門の古くからの子分だ」

孫八が言うと、
島蔵がけわしい顔で言った。まだ、始末はついていないとみているのかもしれない。

「菅谷は?」

右京が訊いた。気になるのは、菅谷と新しく仲間にくわわったらしい御家人ふうの男である。

「賭場に出入りしているようだが、どう動くか、まだ分からぬ」

平兵衛が言った。

「いずれにしろ、用心することでさァ。源右衛門も、何か手を打ってくるかもしれねえ」

島蔵が声を低くして言った。

それから一刻（二時間）ほどして、右京は腰を上げた。まだ陽は高かったが、今日はこのまま長屋に帰るつもりだった。

「右京、早いな」

平兵衛が声をかけた。

「今日は、安田さんと永山堂へ行くと言って出てきたんですよ」

右京が苦笑いを浮かべて言うと、

「それなら、早く帰った方がいいな」

平兵衛も事情を察したらしく、口元に笑みを浮かべた。

「また来ますよ」

そう言い残し、右京は店の外に出た。

木の香りをふくんだ潮風が、右京の頬を撫《な》でた。春のやわらかな風である。木場が近いせいで、木の香りがするのだ。

右京は懐手をして極楽屋の前の橋を渡り、仙台堀沿いの通りへ出た。ちらほら人影があった。船頭や川並などが春の陽射しのなかを足早に通り過ぎていく。

5

前方に仙台堀にかかる亀久橋が見えてきた。新緑につつまれた堀際の柳の陰に、武士がひとり立っていた。羽織袴姿で二刀を帯びている。木陰で一休みしているように見える。

そのとき、右京の脳裏に菅谷たちの仲間にくわわったという御家人のことがよぎったが、足をとめなかった。相手がひとりだったからである。

右京は亀久橋に近付いた。すると、御家人ふうの男が樹陰から離れ、ゆっくりと歩を寄せてきた。中背で痩身だった。面長で浅黒い肌をしている。八雲である。むろん、右京は八雲の名は知らない。

……この男が、仲間にくわわった御家人だ。

と、右京は察知した。

八雲は、両腕をだらりと垂らしていた。まだ、刀に手をかけていない。

右京は足をとめた。八雲が、右京に迫ってきたからである。

「おれに、何か用か」

右京も、両腕を垂らしたままだった。

「立ち合いを所望《しょもう》」

八雲がくぐもった声で言った。表情も動かさなかった。蛇のような細い目が、右京を見すえている。

「ことわる」

右京はその場から去ろうとした。

そのとき、仙台堀沿いの土手に繁茂した葦が揺れ、男がふたり飛び出してきた。町人体だった。半纏に黒股引姿で、船頭か川並のような格好をしていた。

峰七と浜次郎である。ふたりは、右京めがけて駆け寄ってきた。すでに、ふたりとも手に匕首を持っている。

「逃げられねえぜ」

峰七が薄笑いを浮かべた。

「うぬか、菅谷たちにくわわったのは」

右京は八雲に訊きながら、左手で刀の鍔元《つばもと》を握り、鯉口を切った。

「いかにも」

八雲も鯉口を切った。

「名は？」

「お互い名乗らぬほうがいいだろう」

八雲が抜刀した。

すると、峰七と浜次郎がすばやい動きで右京の背後にまわり込んできた。身辺に殺気がある。

「やるしかないな」

右京も抜刀した。

八雲は青眼に構えた。対する右京も青眼である。ふたりの切っ先が、一寸ほどの間を置いて、相手の目線にむけられた。

……できる！

右京は、相手が遣い手であることを察知した。右京にむけられた八雲の剣尖に威圧があった。八雲の体が遠くなったように感じられる。剣尖の威圧で、間合を遠く見せているのである。

八雲の顔にも驚いたような表情が浮いた。右京が、これほどの遣い手とは思っていなかったようだ。

ふたりは、切っ先をむけ合ったまま動かなかった。全身に気勢を込め、切っ先で斬撃の気配を見せて敵を攻め合っている。気攻めである。

ふたりの刀身が夕陽を反射て、鴇《とき》色にひかっていた。長い影が岸辺の葦原まで伸びている。

どれほどの時が過ぎたのだろうか。ふたりの影だけが、伸びていた。ふたりには、まったく時間の意識はなかった。すべての神経を敵の気配と動きに集中させている。

そのとき、左手後方にいた峰七が、足裏を擦るようにして間合をつめ始めた。動かないふたりに焦《じ》れたのである。

右京は近付いてくる峰七の足音で、八雲に集中させていた気を乱した。

刹那、八雲の全身に斬撃の気がはしった。

タアッ！

鋭い気合と同時に八雲の体が躍動し、閃光がはしった。

青眼から真っ向へ。神速の斬撃である。

間髪《かんはつ》をいれず、右京の体が躍《おど》り、刀身が青眼から斜に撥ね上がった。

キーンという甲高い金属音がひびき、鴇色のひかりがふたりの眼前で飛び散った。

刀身がはじき合い、夕陽を乱反射したのだ。

次の瞬間、右京の体勢がわずかにくずれ、咄嗟に後ろへ跳んだ。気の乱れで、斬撃が一瞬遅れたのである。

すかさず、八雲が二の太刀をふるった。

刀身を返しざま、袈裟へ。一瞬の体捌きである。

瞬間、右京はさらに後ろへ跳んだが、間に合わなかった。

ザクッ、と右京の着物の肩口が裂けた。八雲の切っ先がとらえたのである。だが、浅手だった。薄く皮肉を裂かれただけである。

間合を大きく取り、右京が体勢を立て直して、青眼に構えようとしたときだった。

「やろう！」

いきなり、峰七が左手後方から飛び込んできた。

匕首を右京の脇腹めがけて突き込んだ。俊敏な動きである。

間一髪、右京は体をひねって、峰七の刺撃をかわした。だが、すぐに右手後方から浜次郎が迫ってきた。

前方から、八雲が摺り足で間合をつめてくる。

三人は、三方から迫ってくる牙を剝いた野獣のようだった。

……勝てぬ！

と、右京は察知した。

逃げるしか、助かる術はない。

咄嗟に、右京は右手に反転した。

イヤアッ！

右京は裂帛《れっぱく》の気合を発し、八相に構えて浜次郎に急迫した。

浜次郎はギョッとしたように立ち竦んだが、すぐに脇に大きく跳んだ。右京の斬撃から逃れようとしたのである。

右京は浜次郎にかまわず疾走した。浜次郎の脇を走り抜け、一気に仙台堀の岸に迫った。

「逃がすな！」

八雲が声を上げた。右京が逃げようとしているのに気付いたのだ。

右京は岸辺から跳躍した。

着地したのは、堀の水辺に群生した葦原のなかだった。右京はバサバサと葦をなぎ倒しながら、堀のなかほどに走った。

バシャ、バシャと水飛沫《しぶき》を上げ、右京は堀の深みに踏み込んだ。水深が膝頭ほどになると、葦がなくなり、走りやすくなった。

右京は極楽屋のある方に進みながら、堀沿いの道に目をやった。八雲たち三人は、まだ道にいた。右京を追って飛び込まなかったようだ。

「あそこだ、追え!」

八雲が声を上げ、後を追って来た。

右京は膝頭ほどの水深の場を選んで極楽屋の方へ歩いた。走らなかった。どれほど急いでも、堀沿いの道の方が早いのである。ただ、八雲たちが堀へ下りてくれば闘えると踏んでいた。三方からとりかこんで仕掛けることはできないはずなのだ。

しばらくすると、八雲たちは足をとめた。数人の川並らしい男が通りかかり、八雲たちに訝《いぶか》しそうな目をむけたのである。

右京はすこし足を速めた。もうすこし行くと、極楽屋の前につながっている掘割に出られる。

通りに目をやると、八雲たちの姿はなかった。あきらめたようである。

……助かった。

右京は胸の内でつぶやいた。

極楽屋に近付いたところで、右京は葦を分けて土手を上がり、通りをたどって極楽屋にもどった。

「どうしたのだ、その姿は」

平兵衛が右京の姿を見て声を上げた。

右京はひどい姿をしていた。髷《まげ》の元結《もとゆい》が切れてざんばら髪、顔はひっ掻き傷だらけである。着物は濡れ、肩先が裂けて片袖が垂れ下がっている。

朴念や島蔵も、驚いたような顔をして右京に目をむけた。

「御家人ふうの男に襲われましてね」

右京が苦笑いを浮かべながら、闘いと逃走の様子をかいつまんで話した。

「やはり、菅谷たちはわしらの命を狙っているのか」

平兵衛の顔がけわしくなった。

「ひとりひとり、始末する気かもしれねえ」

島蔵が言った。

「菅谷たちを斬らねば、わしらが斬られるということだな」

そう言って、平兵衛が男たちに視線をやった。

「何か着る物を貸してください」

右京が小声で言った。こんな格好で、長屋には帰れなかった。

……また、まゆみに言い訳をしなければならない。

右京は、困惑したような顔でつぶやいた。

6

孫八は新堀川沿いの仕舞屋の板塀の陰にいた。仕舞屋は借家らしいが、いまは空き家になっていた。孫八は板塀の陰に身を隠し、斜向かいにある八百屋の脇の路地に目をやっていたのだ。

その路地は、元鳥越町の賭場から千住街道へ出るおりの道筋だった。孫八は菅谷と御家人ふうの武士が通りかかるのを待っていたのである。

孫八が、その場に身をひそめるようになって三日目だった。まだ、菅谷も御家人ふうの男も姿を見せなかった。

右京が御家人ふうの男に襲われた後、ともかく菅谷と御家人ふうの男を始末しようということになった。そのためには、ふたりの塒をつきとめる必要があった。ふたりの塒をつきとめるのは、手引き人である孫八と嘉吉の仕事である。

七ツ（午後四時）ごろだった。孫八がこの場に身をひそめて半刻（一時間）ほど経つ。長丁場になるが、暮れ六ツ（午後六時）過ぎまでは、この場で待つつもりだった。

路地には、ぽつぽつと人影があった。職人ふうの男、ぼてふり、小店の旦那らしい男などが行き来していたが、まだ武士の姿は目にしていなかった。

……気長に待つしかねえ。

孫八は、根気よく見張ったり、執拗に跡を尾けたりするのが手引き人の仕事だと思っていた。

やがて、暮れ六ツの鐘が鳴った。まだ、菅谷たちは姿を見せない。遠近《おちこち》から表戸をしめる音が聞こえてきた。新堀川の川面は黒ずみ、岸辺の樹陰や通り沿いの店の軒下などには夕闇が忍び寄っている。

……そろそろ引き上げるか。

孫八はあきらめて、板塀の陰から出ようとした。

そのとき、路地の先に人影が見えた。ふたり。こちらへ歩いてくる。ふたりとも、刀を差していた。一人は大柄で牢人体だった。もうひとりは羽織袴で二刀を帯びていた。御家人ふうである。

……菅谷と御家人だ！

孫八は確信した。右京から、御家人ふうの男は中背で痩せていると聞いていたが、そのとおりの体軀だった。

菅谷たちは、新堀川沿いの通りへ出ると、千住街道の方へ足をむけた。新堀川にかかる橋を渡って、浅草御蔵の前に出るのかもしれない。

ふたりが半町ほど離れたとき、孫八は板塀の陰から通りへ出た。孫八は黒の半纏に股引姿で、手ぬぐいで頰っかむりしていた。職人か大工に見えるはずである。

孫八は、樹陰や家の軒下などに身を隠しながらふたりの跡を尾けていく。

菅谷たちは川沿いの通りを二町ほど歩くと、通り沿いの店に入った。一膳めし屋である。

店に近付くと、腰高障子に「福田屋《ふくだや》」と書いてあった。店内から、男の濁声や哄笑などが聞こえてきた。繁盛《はんじよう》している店らしい。

……出てくるのを待つしかねえなア。

孫八は通りに目をやった。身を隠す場所を探したのである。

斜向かいに店仕舞いした下駄屋があった。軒先に下駄の看板が下がっている。孫八は下駄屋の脇から福田屋の店先を見張ることにした。

孫八は下駄屋の脇の暗がりに屈み込んだ。疲れていたし腹もへっていたが、何とかふたりの塒をつかみたいと思った。

菅谷と御家人ふうの男が福田屋を出てきたのは、五ツ（午後八時）ごろだった。ふたりで、酒を飲んでいたらしい。

辺りは夜陰につつまれ、頭上の月が皓々《こうこう》とかがやいていた。ふたりは、福田屋の前で何やら言葉をかわした後、左右に分かれた。

菅谷は来た道を引き返し、御家人ふうの男は千住街道の方へむかった。

……御家人を尾けるか。

ふたりを尾行することはできなかった。それに、菅谷は賭場へ帰るようだ。孫八は菅谷を尾けてもしかたがないと思った。

孫八は御家人ふうの男を尾けた。

男は千住街道へ出ると、浅草御蔵前を左へ折れた。浅草寺の方へ歩いていく。

千住街道には、ぽつぽつ人影があった。提灯を手にした商家の旦那ふうの男、酔客、箱屋《はこや》を連れた芸者などが目についた。

男は黒船町《くろふねちょう》へ入ると、右手の路地に入った。

孫八は走った。男の姿が見えなくなったからである。路地の角まで来ると、男の姿が見えた。暗がりを足早に大川の方へむかって歩いていく。

男は大川端に突き当たると右に折れた。そして、半町ほど歩いたところで、道沿いにあった仕舞屋に入った。借家ふうの小体な家である。

……ここが塒かもしれねえ。

と、孫八は思った。

いっときすると、家の障子が明らんだ。男が、行灯《あんどん》に火を点けたのであろう。話し声はしなかった。男はひとりで住んでいるのかもしれない。

孫八は家のそばから離れた。家のなかに忍び込むわけにはいかなかった。明日、出直して近所で聞き込めば、男の塒かどうかはっきりするだろう。

翌朝、孫八はふたたび黒船町に足を運んできた。男の家からすこし離れた表店に立ち寄って聞き込むと、だいぶ様子が分かってきた。

男の名は八雲連次郎。本所に屋敷のある御家人らしいが、三年ほど前から黒船町の借家に情婦《いろ》と住むようになったという。ところが、一年ほど前、急に情婦は姿を消してしまったそうだ。

近所の住人たちは、情婦が他の男とくっついて逃げたとか、八雲が情婦に飽きて吉原に売り飛ばしたとか口にしたが、いずれも推測らしかった。経緯はどうあれ、八雲は、いま黒船町の借家を塒にしていることはまちがいないようだ。

翌日、孫八は極楽屋で平兵衛と右京に会い、御家人ふうの男の名と塒を伝えた。

「八雲には、借りがある。おれに斬らせてくれ」

右京が言った。

「斬れるか」

平兵衛は、右京とふたりで斬ってもいいと思っていた。

「八雲ひとりなら、何とかなるだろう」

右京は、八雲と互角だろうと踏んでいた。勝負はどうなるか、やってみなければ分からない。ただ、亀久橋のたもとで襲われた借りを返すためにも、右京はひとりで八雲を斬りたかったのだ。

「よかろう。ただ、わしも同行させてもらうぞ」

平兵衛が強いひびきのある声で言った。

7

小雨が降っていた。空を厚い雲がおおっている。

大川端は人影もまばらで、ひっそりとしていた。大川の流れの音だけが、地鳴りのように聞こえてくる。荒天のせいか、ふだんは猪牙舟や艀、高瀬舟などが行き交っている川面も、船影はほとんどなかった。ときおり、猪牙舟が通り過ぎていくだけである。

平兵衛と右京は、黒船町にいた。そこは大川の桟橋へ下りる石段の陰である。ふたりは菅笠《すげがさ》をかぶり、合羽《かっぱ》を肩にかけていた。小雨だったが長くなると濡れるので、菅笠と合羽を用意したのだ。

七ツ（午後四時）ごろだった。ふたりは、半刻（一時間）ほど前からこの場にいた。八雲が通りかかるのを待っていたのである。

孫八もいっしょに来たが、いま、孫八は借家のそばで八雲を見張っていた。すでに、小半刻（三十分）ほど前に孫八は借家を探り、八雲が家にいることを確認して、平兵衛と右京に伝えていた。

「通りすがりの者に、斬り合いを見られてしまうな」

　平兵衛が言った。雨天で人通りはすくないとはいえ、大川端にはちらほら通行人の姿があった。ここで斬り合えば、当然目撃されるだろう。

「野試合ということにしますよ」

　そのことは、右京も考えていた。剣の試合ということにすれば、殺し人の仕事とは思わないはずである。

「ならば、わしは検分役ということにいたそう」

　平兵衛が小声で言った。

　そのとき、通りを走る足音が聞こえた。

　孫八である。孫八は手ぬぐいで頬っかむりしていた。平兵衛たちのいる石段の方へ駆け寄ってくる。

　右京と平兵衛は立ち上がり、石段から通りへ出た。

「来やすぜ」

　孫八が息をはずませて言った。

「あとは、おれの仕事だ」

　右京は合羽をはずし、路傍に置いた。菅笠は取らなかった。立ち合いの寸前までかぶっていようと思ったのである。

通りの先に、八雲らしい男が姿を見せた。傘をさしている。

右京は川岸の桜の樹陰に身を寄せた。

八雲は足早に近付いてきた。顔は見えなかったが、中背で痩身であることは見てとれた。八雲にまちがいない。

右京は八雲が十間ほどに近付いたとき、樹陰から出て行く手をふさいだ。平兵衛と孫八は石段に屈んで身を隠した。様子を見て、飛び出すつもりだった。

「何者だ！」

八雲が誰何した。菅笠をかぶっていたので、右京と分からなかったらしい。

「片山《かたやま》京《きょう》之《の》助《すけ》だ。立ち合いを所望！」

右京が菅笠を取り、路傍へ投げた。片山京之助は偽名である。通りすがりの者が耳にしたときのことを考えたのだ。

「ひとりか！」

八雲が声を上げたとき、石段に身をひそめた平兵衛が、

「わしが検分役をいたす」

と言って、石段から走り出た。

「うぬか、政蔵を斬ったのは！」

八雲は、平兵衛が殺し人であることに気付いたようだ。

「どうかな」

「ふたりで、おれを斬る気か」

「わしは抜かぬ。今日は、立ち合いの検分役だ」

平兵衛は、八雲の脇にまわり込んでから後ろへ下がった。

「行くぞ！」

右京が抜刀した。

そのとき、通りすがりの男がふたり、ワアッ、と声を上げて逃げだした。ふたりとも黒の半纏に股引姿だった。近くの船宿の船頭かもしれない。

「おのれ！　今日こそ、始末してくれる」

八雲は傘を路傍に投げ捨てて抜刀した。顔が憤怒にこわばっている。

右京と八雲の間合は、およそ三間半。構えはふたりとも青眼である。まだ、一足一刀の間境からは遠かった。

ふたりは足裏を擦るようにして間合をつめ始めた。ジリジリと間合が狭まっていく。

ふたりの剣尖が五寸ほどに近付いたとき、ふたりとも寄り身をとめた。お互いの切っ先が敵の目線につけられている。

ふたりは動かなかった。全身に気勢を込め、切っ先に斬撃の気配を見せている。気攻めである。

小雨が降っていた。微動だにしないふたりの体と刀身を濡らしている。

平兵衛はふたりから大きく間合をとって見ていたが、左手で刀の鯉口を切っていた。右京が危《あや》ういと見れば、抜き打ちに斬り込むつもりだった。

いっときが過ぎた。ふたりの剣気が異様に高まり、息詰まるような緊張がふたりをつつんでいる。

と、雨粒が八雲の頬をつたった。わずかに顔の表情が動いた瞬間、八雲の気が乱れた。この一瞬の隙を右京がとらえた。

タアッ！

鋭い気合を発し、斬り込んだ。

青眼から袈裟へ。迅雷の斬撃である。

間髪をいれず、八雲の体が躍動した。

振りかぶりざま袈裟へ。

袈裟と袈裟。

ふたりの刀身が眼前で合致し、動きがとまった。鍔迫《つばぜ》り合いである。

が、八雲の体勢がわずかにくずれていた。一瞬、右京の斬り込みが迅かったために押されたのである。

バッ、と八雲が後ろへ跳んだ。

刹那、右京が踏み込みざま二の太刀をみまった。

真っ向へ。

神速の一刀だった。鍔迫り合いの構えから、そのまま真っ向へ斬り込んだのである。

右京の切っ先が八雲の眉間《みけん》をとらえた。

眉間に血の筋がはしった瞬間、八雲の顔がゆがみ、縦に裂けた傷口から血が奔騰《ほんとう》した。

八雲が後ろへよろめいた。眉間から噴出した血が、八雲の顔を赤い布でおおうように染めていく。

八雲は足をとめた。つっ立ったまま口をあけ、顎を突き出すようにして喘鳴《ぜんめい》を洩らした。だが、すぐに体が大きく揺れ、腰からくずれるように転倒した。

地面に横臥した八雲は動かなかった。

右京は刀を下ろすと、倒れている八雲のそばに歩み寄った。右京の白皙が紅潮し、目が異様なひかりを宿していた。八雲を斬ったことで、気が昂っているのである。

右京は歩をとめ、横たわった八雲に視線をむけた。すでに、八雲は絶命していた。

右京の高揚した顔を雨が濡らしている。

そこへ、平兵衛と孫八が駆け寄ってきた。

「右京、みごとだ」

平兵衛が声をかけた。

「始末がつきました」

右京が静かな声で言い、刀身に血振りをくれて納刀した。白皙の紅潮が薄れ、いつもの右京の顔にもどっている。

「孫八、手を貸してくれ」

平兵衛は孫八に手伝わせ、八雲の死体を石段の隅に運んだ。そうしておけば、通りの邪魔にはならないだろう。

「長居は無用」

そう言って、平兵衛が足早にその場から離れた。右京と孫八がつづく。

雨足がしだいに強くなり、大川端を鉛色の紗幕のようにつつんでいる。

第五章　未明の闘い

1

おしげは、上がり框に腰を落としていたが、

「ねえ、旦那、お茶でも飲もうか」

と言って、立ち上がった。

数日前から、平兵衛は相生町の庄助長屋にもどっていた。右京が八雲を斃《たお》し、極楽屋が襲われる懸念が薄らいだからである。

平兵衛が長屋で暮らすようになると、おしげが連日のように顔を出すようになった。おしげも、独り暮らしで話し相手が欲しいようだ。

おしげは、余り物の惣菜やめしなどを持って来てくれるので、平兵衛は有り難かったが、連日顔を出し、長時間腰を上げないと、さすがに閉口することもあった。

「湯が沸いてないぞ」

まさか、薪《まき》を焚《た》き付けて湯を沸かすとまでは言わないだろう。

「湯は沸いてるよ」

おしげによると、自分の家の火鉢にかけた鉄瓶に湯が残っているという。

「待って。すぐ、淹れてくるから」

そう言い残し、おしげはそそくさと戸口から出ていった。

いっときすると、おしげが茶道具を持ってもどってきた。急須に、茶が入っているらしい。

おしげは、上がり框に腰を下ろすと、急須で湯飲みに茶をつぎながら、

「まゆみさんは、まだかね」

と、つぶやいた。

「何のことだ?」

「赤ちゃんですよ。……旦那、孫の顔が見たくないのかい」

おしげが、茶の入った湯飲みを平兵衛の膝先に置きながら言った。

「見たいな」

そう言ったが、平兵衛は孫のことはあまり考えなかった。殺し人という修羅の世界で生きているせいであろう。世の年寄りが、孫の誕生を心待ちするような安穏《あんのん》な気持

ちになれないのである。

「まゆみさん、片桐さまといっしょになって三年だからねえ。……もう、生まれてもいいんだけど」

おしげは、湯飲みを胸の前で抱えるように持ったまままつぶやいた。

「三年か……」

おしげの言うとおり、まゆみが右京と所帯を持って三年ほど経つ。子供が生まれてもいいころだが、身籠もった様子はない。

「旦那、まゆみさん、何か心配ごとがあるんじゃァないのかい」

おしげが、平兵衛に顔をむけて訊いた。

「どういうことだ？」

「この前も、何か思い詰めたような顔をして長屋に来たじゃァないか」

まゆみが、右京のことを心配して長屋に来たときのことらしい。

「あれは、たまたま近くを通りかかったので、寄っただけだ」

慌てて、平兵衛が言った。

「悩みごとがあると、子供どころじゃァないからね」

おしげが、もっともらしい顔をして言った。

「うむ……」

そんなことはあるまい、と思ったが、平兵衛は何も言わなかった。

そのとき、戸口に近付いてくる足音がした。足運びが速い。長屋の住人ではないようだ。

足音は戸口でとまった。短い影が腰高障子に映っている。なかの様子を窺《うかが》っているようだ。

「だれかな」

平兵衛が声をかけた。

「安田の旦那、刀の研ぎを頼みてえんで」

孫八の声だった。土間にだれか来ていると気付き、咄嗟に刀の研ぎのことを口にしたようだ。

「刀の研ぎな」

平兵衛は腰を上げ、おしげさん、客のようだ。またにしてくれんか、と声をかけた。

「また、来るからね。茶道具は置いていくよ」

そう言い残し、おしげが腰高障子をあけて、慌てて出ていった。

おしげと入れ替わるように、孫八が土間に入ってきた。

「お邪魔でしたかい」

孫八が口元に薄笑いを浮かべて言った。

「いや、ちょうどよかった。なかなか腰を上げないので、閉口していたのだ」

平兵衛は茶道具を後ろに引きながら、

「ところで、何の用だ」

と、訊いた。殺しのことで、何か知らせがあって来たのであろう。

「笹屋に、来てほしいそうで」

孫八が、島蔵の指図で来たことを言い添えた。

「いつだ？」

「旦那の都合がよければ、あっしといっしょにご足労願いてえんでさァ」

孫八によると、島蔵たちはこれから笹屋に集まり、明るいうちに極楽屋へ帰りたいのだという。島蔵たちにも都合があるのだろう。

「それで投げ文でなく、声をかけたのか」

笹屋に集まる時は、投げ文で知らせることが多かったが、今日はいつもとちがうので孫八に連絡させたらしい。

「右京と朴念は?」

「嘉吉が知らせに行ってまさァ」

「分かった」

平兵衛は腰を上げ、部屋の隅に立てかけてあった刀を腰に差した。

「行くか」

「へい」

ふたりは、腰高障子をあけて外へ出た。

陽は頭上にあり、春の陽射しが照り付けていた。長屋は静かだった。亭主たちは働きに出て、子供たちは遊びに出ているのだろう。

2

笹屋の二階の座敷に、五人の男が集まっていた。右京、朴念、島蔵、嘉吉、それに伊吉である。俊造が死んだこともあって、ちかごろ伊吉が島蔵の指示で殺し人たちへの繋ぎをすることが多くなった。伊吉は若いが度胸があり、足も速かった。島蔵は、いずれ伊吉を手引き人にしたい腹があるようだ。

男たちの膝先には湯飲みだけ置いてあった。日中ということもあって、酒は用意しないのかもしれない。

「安田の旦那、ここへ腰を下ろしてくれ」

島蔵があいている座布団を指差した。

平兵衛が座布団に腰を下ろすと、女中のお峰が顔を出し、

「安田さまのお茶を用意しました」

そう言って、平兵衛の膝先に湯飲みを置いた。

お峰が座敷から出るのを待ってから、

「酒は、話が済んでから運ばせるよ」

島蔵が、男たちに言った。

「元締め、何かあったのか」

朴念が訊いた。

「あったわけじゃァねえが、このままにしちゃァおけねえと思ってな」

「菅谷たちのことか」

「そうだ。……どうも、源右衛門が気になるんだ。馬道の虎は、このままひっ込むような男じゃァねえからな。……嘉吉と孫八が探ったことによると、元鳥越町の賭場に

源右衛門の手下らしい男が数人寝泊まりしているらしいんだ」

「菅谷もそこにいるのだな」

平兵衛が訊いた。

「ちかごろは、菅谷も賭場に寝泊まりしているらしいな」

「やはり、菅谷と源右衛門を始末しないと始末はつかないか」

平兵衛は、浅次郎が源右衛門の実の子だと聞いたときから、いずれ源右衛門と決着をつけねばならないときがくる、とみていた。

「やるなら早《はえ》え方がいい。源右衛門は腕のたつ男を見つけだして金を握らせ、安田の旦那や片桐の旦那を狙ってくるはずだ。その前《めえ》に、始末した方がいいと思って、今日、ここに集まってもらったんだ」

島蔵が大きな目をひからせて言った。

「やるなら、菅谷が先だな」

菅谷を斃せば、しばらく平兵衛たち殺し人を襲ったり、極楽屋を襲撃することはないだろう、と平兵衛はみていた。

「ちかごろ、菅谷は賭場から出ませんぜ」

嘉吉が言った。ときおり、菅谷は近くの一膳めし屋に行ったり、飲み屋にいったりするが、ひとりで行くことはなく峰七や浜次郎といっしょに行くことが多いという。

「ならば、賭場を襲おう」

　平兵衛が言った。

「賭場を……」

　島蔵が驚いたような顔をして聞き返した。朴念や孫八たちが、いっせいに平兵衛に目をむけた。

「そうだ。賭場がしまり、客がいないときに襲えばいい。このさい、峰七と浜次郎、それに賭場を仕切っている勇造という男もいっしょに始末してしまおう」

　平兵衛は、味方の戦力の方が上だとみていた。平兵衛、右京、朴念、それに孫八も使える。敵の遣い手は菅谷ひとりである。峰七と浜次郎も匕首を巧みに遣うが、右京や朴念の敵ではないだろう。

「よし、賭場をやろう。今度は、おれも行くぜ」

　島蔵が語気を強くして言った。

「源右衛門は、どうする」

　黙って話を聞いていた右京が、口をはさんだ。

「まず、賭場を襲って菅谷たちを始末してからだな」

平兵衛は、間を置かずに源右衛門も斬った方がいいと思っていた。

「それで、いつやる」

島蔵が訊いた。

「早い方がいいが……」

「今夜やるか」

島蔵が身を乗り出して言った。

「いや、明日にも賭場の動きを探り、その上で明後日仕掛けたらどうだ」

いくらなんでも、今夜は早すぎる。平兵衛は、敵の戦力を正確につかんだ上で仕掛けたかったのだ。右京はむろんだが、味方の者をひとりも失いたくなかったのである。

「よし、賭場を探るのは、孫八、嘉吉、それに、伊吉にも頼むか」

島蔵が伊吉に目をむけて言うと、

「へい」

と伊吉が応えて、ちいさく頭を下げた。顔がこわばっている。手引き人の仕事を指図されて、高揚しているようだ。

「そうと決まりゃア、すぐに動いてもらうぜ」

島蔵は後ろの障子の方に体をむけて、手をたたいた。店の者を呼んだのである。すぐに、階段を上がる足音がし、あるじの松吉が顔を出した。

「松吉、そばを頼むぜ」

島蔵はそう言った後、

「旦那たちは、酒はやりますかい」

と、平兵衛や朴念に視線をまわして訊いた。島蔵たちは、そばだけで帰るつもりらしい。まだ、陽が高いからであろう。それに、孫八たち三人は、これから元鳥越町の賭場を探らなければならないのだ。

「わしも、遠慮しよう」

平兵衛が言うと、右京は黙ってうなずいた。

「おれは、極楽屋へ行って飲むぜ」

朴念が言った。

「松吉、聞いたか。今日はそばだけだ」

「承知しやした」

松吉は笑みを浮かべて言うと、すぐに階段を下りていった。

3

本所番場町《ばんばちょう》に、妙光寺《みょうこうじ》という無住の小寺があった。境内《けいだい》は荒れ、鬱蒼《うっそう》と枝葉を茂らせた杉や樫《かし》などの杜が寺をかこっている。

その寺の境内に、平兵衛は愛刀の来国光《らいくにみつ》を手にして立っていた。筒袖に軽衫というもいつもの格好である。

ここ数年、平兵衛はこの場を独り稽古の場に使っていたのだ。庄助長屋からも近かったし、人目を忍んで真剣や木刀を振るには格好の場所だった。

来国光は身幅の広い剛刀だが、一尺九寸しかなかった。通常の刀より、三、四寸は短い。平兵衛が、小太刀の動きを取り入れるために刀身をつめたのである。

平兵衛は金剛《こんごう》流の達人だった。金剛流は富田《とだ》流小太刀の流れを汲《く》む流派で、刀法のなかに小太刀の動きや太刀捌きが取り入れられていたのだ。

真剣の素振りを小半刻（三十分）ほどつづけると、うっすらと汗ばんできた。呼吸も乱れている。

……やはり、歳だわい。

平兵衛は苦笑いを浮かべた。

刀身を下ろし、その場に立ったまま何度か大きく息を吐いて、呼吸をととのえてから、逆八相に構えた。

「虎の爪」の構えである。虎の爪は、平兵衛が多くの殺しの実戦を通して会得《えとく》した一撃必殺の剣である。

逆八相にとってから、刀身を寝かせて左肩に担ぐように構える。その構えから、敵の正面に一気に身を寄せる。

この鋭い寄り身に対し、敵は退《ひ》くか、真っ向へ斬り込むしかなくなる。退けば、さらに踏み込んで袈裟に斬り込む。真っ向へ斬り込んでくれば、刀身を撥ね上げて敵の斬撃をはじき、刀身を返しざま袈裟に斬り落とす。この連続した太刀捌きが迅《はや》く、敵は受けることもかわすこともできなくなるのだ。

平兵衛がはなつ袈裟斬りは強い斬撃を生み、敵の右肩から入って鎖骨と肋骨を截断して深く斬り下げる。ときには、敵の体を截断して左脇腹に抜けることすらあった。

斬り口が大きくひらき、截断された骨が猛獣の爪のように見えるのだ。そのことから、虎の爪と呼ばれるようになったのである。

平兵衛は逆八相に構えると、脳裏《のうり》に菅谷を思い描いた。明日、平兵衛は菅谷と立ち合うつもりでいた。

もっとも、平兵衛は菅谷と切っ先を交えたことはなかった。右京から聞いた菅谷の構えや体軀を脳裏に描いたのである。

平兵衛は、脳裏の菅谷にむかって虎の爪をはなった。何度も何度も繰り返し、斬り込んだ。虎の爪で菅谷が斬れるか試したわけではない。老いて硬くなった体をほぐし、真剣勝負の勘と一瞬の反応をとりもどすためである。

半刻(一時間)ほども、虎の爪の剣をふるうと、全身に汗が浮き、息がふいごのように喘ぎだした。心ノ臓が早鐘のように鳴っている。

……こ、これまでか。

平兵衛は刀を納め、流れ出る汗を拭いた。

そのとき、山門の方で足音が聞こえた。見ると、孫八が山門をくぐって境内に入ってくる。孫八は貧乏徳利を提げていた。

「旦那、そろそろ行きやすか」

孫八は平兵衛を迎えに来たのだ。

明日の未明、平兵衛たちは元鳥越町の賭場を襲撃し、菅谷や勇造たちを討つことになっていたのだ。

「そうだな」

平兵衛は頭上に目をやった。すでに、陽は西の空にまわっていたが、頭上の空には日中の明るさが残っていた。まだ、暮れ六ツ（午後六時）までには間があるが、極楽屋に着くころは暗くなっているだろう。

平兵衛たちは、今夜極楽屋に集まり、明日未明に舟で新堀川をさかのぼり、賭場近くの桟橋まで行く手筈になっていたのだ。

「旦那、用意しやしたぜ」

孫八が貧乏徳利をかざして言った。

酒が入っているはずである。平兵衛は強敵と闘う前、酒を飲むことが多かった。平兵衛は強敵との闘いを意識すると、体が顫えだすのだ。真剣勝負の恐怖と気の昂りのためである。

ところが、酒を飲み、酒気が体にまわると顫えがとまり、全身に闘気がみなぎってくる。そのことを孫八は知っていて、強敵との闘いの前、酒を用意してくれるのだ。

「まだ、早いが、一口だけもらうかな」

平兵衛の体は、まだ顫えていなかったが、喉が渇いていたのである。

貧乏徳利を受けとると、平兵衛は喉を鳴らして一気に一合ほど飲んだ。旨かった。

酒が臓腑《ぞうふ》に染み渡るようである。

「さて、行くか」

平兵衛は、貧乏徳利を孫八にかえして歩きだした。いまから、酔うほど飲むわけにはいかなかった。

極楽屋には、男たちが集まっていた。右京、朴念、島蔵、嘉吉、それに伊吉である。伊吉は船頭役でついていくことになっていたのだ。

平兵衛が空き樽に腰を下ろすと、

「めしと酒を用意しやしたんで、腹ごしらえをしてから休んでくだせえ」

島蔵が男たちに視線をまわして言った。

いっときすると、嘉吉と島蔵が板場から酒を運んできた。平兵衛たちは明朝の闘いにそなえて酔わない程度に飲み、その後、菜めしで腹ごしらえをした。

「先に横になるぜ」

そう言って、朴念が腰を上げた。明日の未明まで奥の座敷で横になり、体を休めるのである。

つづいて、右京が腰を上げたとき、

「右京」

と、平兵衛が声をかけた。

「なんです？」

「まゆみには、どう言ってきたのだ」

平兵衛が小声で訊いた。

「品川《しながわ》の旗本のところへ、剣術指南に行くと言ってきました」

「そうか」

右京は、一晩家をあけるとき、これまでも品川の旗本屋敷に行くと言って出ることが多かった。帰りが遅くなるので、品川宿に一晩泊まるとまゆみには話していたのである。

「右京、菅谷はわしに斬らせてくれ」

右京は菅谷に後れをとるかもしれない、と平兵衛は思っていた。平兵衛は、まゆみのためにも菅谷と闘いたかった。平兵衛に勝つ自信があったわけではない。菅谷と勝負してみたかったし、この歳になると、それほど惜しい命ではないのだ。

「頼みます」

右京はちいさくうなずいただけで、何も言わなかった。平兵衛の胸の内が分かっているのだろう。

4

降るような星空だった。辺りは夜の帳《とばり》につつまれ、家々は夜陰に黒く沈んでいる。どの家からも洩れてくる灯《ひ》はなく、ひっそりと寝静まっている。

明七ツ（午前四時）前である。平兵衛、右京、朴念、島蔵、孫八、嘉吉、伊吉の七人は、仙台堀沿いの道を歩いていた。孫八は貧乏徳利を提げている。平兵衛のために、酒を用意したのである。

風があり、仙台堀の岸辺に群生した葦や茅がサワサワと揺れていた。

「こっちでさァ」

先に立った嘉吉が、岸辺の石段を指差した。

ちいさな桟橋があった。三艘の猪牙舟が舫《もや》ってある。そのうちの一艘は、昨日、伊吉と嘉吉が入船町にある船宿から金を出して借りてきた舟である。

艫《とも》に伊吉が立ち、

「乗ってくだせえ」

と、声をかけた。

平兵衛たちは次々に舟に乗り込んだ。嘉吉は、舳先《へさき》に乗り込んで棹《さお》を取った。伊吉とふたりで棹をあやつって、舟を桟橋から離すのである。

舟が桟橋から離れ、水押しを大川方面にむけると、嘉吉は棹を手にしたまま舳先にかがんだ。後は伊吉にまかせるつもりらしい。

伊吉は棹から艪《ろ》に持ち替えた。舟は仙台堀の水面をすべるように大川にむかって進んでいく。

「安田の旦那、酒は」

孫八が訊いた。

「もらおうか」

舟に乗り込んだときから、平兵衛の体が顫えだしていた。菅谷との真剣勝負を目前にして、体が反応しているのだ。

平兵衛は貧乏徳利の栓を抜くと、一気に一合ほど喉に流し込み、ひとつ大きく息をついて、さらに二合ほど飲んだ。

いっときすると、平兵衛の顔が朱を帯びてきた。酒が臓腑に染み渡り、全身に闘気が満ちてきた。丸まっていた背が伸びたように見える。恐怖や怯《おび》えが霧散し、強敵を恐れぬ豪胆さがよみがえってきた。

平兵衛は己の手を目の前でひらいて見た。震えはとまっている。

……斬れる！

平兵衛は胸の内で声を上げた。

菅谷を斬れる自信が、腹の底から湧いてきたのである。

「これで、でえじょうぶだ」

孫八は、平兵衛の体に闘気がみなぎってきたのを見てつぶやいた。

右京と朴念は、平兵衛が酒を飲んだのを見ても何も言わなかった。ちいさくうなずいただけである。ふたりとも、平兵衛が闘いの前に、酒を飲んで恐怖を払拭《ふっしょく》し闘気を高めることを知っていたのだ。

「大川ですぜ」

伊吉が艪を漕ぎながら言った。

大川に入った舟は、川面を分けながら溯《さかのぼ》り始めた。辺りが静寂《せいじゃく》につつまれているせいか、大川の流れの音と水押しの水面を分ける音が、耳を聾《ろう》するほどに聞こえてくる。

「元締め、賭場に残っているやつらは、どれほどだい」

朴念が、水音に負けないように大声で訊いた。

「はっきりしたことは分からねえが、八、九人と見ている」

孫八と嘉吉が賭場に出入りする者を見張ったり、賭場から出てきた客から話を聞いたりしてつかんだことによると、明け方まで賭場に残るのは、八、九人ではないかという。

菅谷、勇造、峰七、浜次郎、それにあらたにくわわった源右衛門の子分が、四、五人いるそうである。

「客は残ってねえのか」

「分からねえ。……ただ、いても数人で、おれたちが押し入れば、逃げ出すはずだ。逃げるやつらは、放っておけばいい」

孫八たちが探ったことによると、賭場は陽が沈むころから始まり、東の空が明らんでくるころには勝負を終え、客のほとんどが帰るという。

「おれは、勇造を殺ろう」

朴念が夜陰を睨むように見すえて言った。

やがて、舟は両国橋をくぐり、浅草側に水押《へ》しをむけた。前方に浅草御蔵が夜陰のなかに黒く折り重なるように見えてきた。

「新堀川に入りやすぜ」

伊吉が声を上げた。

すぐに、舟は水押しを左手にむけ、新堀川へ入った。鳥越橋をくぐって、いっとき進むと、伊吉は舟を左手の桟橋にむけた。ちいさな桟橋で、猪牙舟が三艘舫ってあるだけだった。むろん、人影はない。

「下りてくだせえ」

伊吉が声をかけると、平兵衛たちは次々に舟から桟橋に飛び下りた。

伊吉だけが舟に残った。まだ、闘いにくわわるのは早いと島蔵が判断したのである。

それからいっとき、平兵衛たちは元鳥越町の路地をたどり、賭場の脇の空き地に着いた。

賭場として使われている板塀でかこわれた仕舞屋はひっそりとして、洩れてくる灯《ひ》もなかった。まだ、笹藪の陰や樹陰は淡い夜陰につつまれていたが、東の空は茜色に染まっている。そろそろ払暁《ふつぎょう》であろうか。

「やけに静かじゃァねえか」

島蔵が低い声で言った。

「あっしと嘉吉で、様子を見てきやすよ」

孫八がそう言い残し、嘉吉とふたりで仕舞屋へむかった。

平兵衛たちは笹藪の陰に身を隠し、孫八たちがもどるのを待った。

孫八と嘉吉は、板塀に身を寄せて、なかの様子をうかがっていたが、しばらくするともどってきた。

「いやすぜ」

孫八が言った。

家のなかから、何人もの男たちの声が聞こえてきたそうだ。戸口はしまっていて下足番らしい三下もいないので、すでに客は出た後ではないかという。

「それはいい」

平兵衛は、ほっとした。家に踏み込んだとき、客と手下の区別がつかないのではないかと、内心懸念していたのだ。

「踏み込むぞ」

島蔵が言うと、平兵衛たちがうなずいた。

平兵衛たちは通りに面した枝折り戸の前まで行くと、二手に分かれた。平兵衛、右京、孫八の三人が、表の戸口から踏み込み、朴念、島蔵、嘉吉の三人は、庭に面した縁先にまわった。庭といっても、板塀沿いに梅と紅葉が植えられているだけの狭い場所で、雑草におおわれている。

表の引き戸は簡単にあいた。平兵衛、右京、孫八の三人は敷居をまたいで踏み込んだ。土間に男物の下駄や草履などが並んでいる。土間の先は狭い板敷の間になっていて、その奥に障子がたててあった。

障子の向こうから、男の濁声や含み笑いなどが聞こえてきた。数人の男がいるらしい。

平兵衛は、腰に帯びてきた来国光を抜いた。右京も刀を抜き、孫八は匕首を手にしている。

「だれかおらぬか」

平兵衛が奥にむかって声を上げた。

5

ガラリ、と障子があいた。

障子の間から、三人の男が顔を出した。驚いたように目を剝いている。いずれも町人だった。

「だれだ、てめえは！」

大柄な男が誰何した。酔っているのか、顔が赭黒く染まっている。座敷で酒を飲んでいたようだ。

「殺し人だよ」

平兵衛が低い声で言った。

「なに！」

大柄な男が声を上げた。他のふたりは、息を呑んで平兵衛を見つめている。

「地獄屋の鬼が、菅谷市兵衛を斬りにきた」

「す、菅谷の旦那！　殺し人だ」

大柄な男が、後ろに顔をむけて叫んだ。他のふたりが障子から離れ、バタバタと奥へ走った。

すぐに、怒声と障子をあけはなつ音が聞こえ、何人もの足音がひびいた。あいたままの障子の間から、近付いてくる数人の男の姿が見えた。

さらに障子がひらき、大柄な武士と町人たちが板敷の間に出てきた。大柄な武士は、菅谷である。町人たちのなかほどに、棒縞の小袖に羽織姿の男がいた。五十がらみ、小柄で痩せていた。この男が勇造であろうか。

「人斬り平兵衛か」

菅谷が、平兵衛を睨むように見すえて訊いた。体がかすかに揺れている。顔が酒気を帯びて赤みを帯びていた。酔っているようだ。

「わしは、地獄から迎えにきた鬼だよ」

平兵衛の顔は怒張したように赭黒く染まっていた。双眸が、炯々《けいけい》とひかっている。まさに、剎鬼のような形相である。

「老いた鬼だな」

菅谷が揶揄《やゆ》するように言った。

「うぬは、酔いどれか」

平兵衛は、菅谷の体が酒の酔いで揺れているのを見た。

「酔っていても、おぬしは斬れる」

菅谷が口元に薄笑いを浮かべた。

「そうかな」

酒の酔いは、真剣勝負の恐怖心や怯えを払拭する。だが、体が揺れるほど酔えば、一瞬の反応をにぶくするだろう。

「三人で、おれを斬るつもりか」

菅谷が右京と孫八に視線をむけて言った。

「おれたちは、後ろにいる町人どもを斬りにきたのだ」

右京が言うと、

「なんだと、今日こそ、てめえの命はもらったぞ！」

脇から声を上げたのは、峰七だった。

そのとき、縁先の方で激しい足音がし、つづいて、ギャッ！　という絶叫が上がった。さらに、障子を蹴破るような音がし、親分！　殺し人だ、何人も来やがった！　とひき攣《つ》ったような叫び声がつづけて聞こえた。

朴念たちが、縁側から踏み込んだらしい。

平兵衛と相対していた勇造と手下たちに、動揺がはしった。何人もの殺し人が、庭から踏み込んできたと思ったらしい。

「菅谷、勝負！」

平兵衛が声を上げ、後ろに身を引きながら敷居をまたいだ。

つづいて、右京と孫八も外へ出た。その場は狭く、刀をふるうことができなかったのである。

「やるしかないようだな」

菅谷が、ゆっくりとした足取りで土間へ下りてきた。

すると、菅谷の背後にいた峰七が懐から匕首を取り出し、

「やっちまえ！」

と、叫んだ。

他の男たちも次々に匕首を手にして、土間へ下りてきた。勇造も峰七たちにつづいた。ここは、表口から逃げるしかないとみたのであろう。

朴念は縁側に飛び上がり、障子をあけはなった。座敷の隅に浜次郎と若い男がいた。ふたりは、表の戸口へ行こうとしていたらしい。

「やろう！」

浜次郎は、反転して懐から匕首を抜いた。逃げようとはしなかった。朴念が素手だと思ったようだ。

朴念は、手甲鈎を振りかざして浜次郎に迫った。島蔵と嘉吉が、後につづいた。ふたりは匕首を手にしている。

島蔵は、若いころ殺し人をしていたことがあった。度胸もあったし、匕首を遣うの

も巧みである。

「な、なんだ！」

浜次郎が朴念の手甲鈎を見て、顔が凍りついたようにこわばった。朴念の巨体とあいまって、手甲鈎が巨熊の爪のように見えたのである。

咄嗟に、浜次郎は逃げようとして反転した。

「逃がすか！」

朴念が飛び込むような勢いで踏み込み、手甲鈎を振り下ろした。

バリッ、と音がし、浜次郎の着物が肩口から裂け、あらわになった背中に太い血の線がはしった。手甲鈎の爪が引き裂いたのだ。

ギャッ！と凄まじい悲鳴を上げて、浜次郎が身をのけ反らせた。

「こいつを喰らえ！」

叫びざま、朴念が手甲鈎を浜次郎の頭に振り下ろした。

ゴン、というにぶい音がし、一瞬、浜次郎の首が肩にめり込んだように見えた。次の瞬間、後頭部が裂けて血が噴いた。

浜次郎はふらふらと二、三歩泳ぎ、腰から沈むように転倒した。

畳に伏臥《ふくが》した浜次郎の四肢が痙攣していたが、息の音は聞こえなかった。即死のようである。

この間、島蔵と嘉吉は、子分たちに襲いかかっていた。島蔵が、廊下に逃げようとする男の背後に迫って、匕首を背中に突き刺した。

男が絶叫を上げて身をのけ反らせたところへ、嘉吉が脇から踏み込んで匕首で脇腹をえぐった。男は喉の裂けるような悲鳴を上げて廊下に逃げようとしたが、さらに嘉吉が追いすがって男の首筋を掻き斬った。

男は呻き声を上げて、廊下にうずくまった。全身、血まみれである。

「表だ!」

朴念が一声叫んで、廊下を走った。菅谷や勇造たちが、戸口から外へ出たことを知ったのである。

島蔵と嘉吉も、廊下を走って戸口にむかった。

6

一方、平兵衛は菅谷と相対していた。

ふたりの間合はおよそ三間半。まだ、一足一刀の間境の外である。

菅谷は青眼に構えていた。切っ先が、平兵衛の目線にむけられている。体は顫えていたが、構えはゆったりとして、切っ先が平兵衛の眼前に迫ってくるような威圧があった。

……手練《てだれ》だ！

と、平兵衛は思った。だが、すこしも臆《おく》さなかった。全身に闘気がみなぎり、小柄な平兵衛の体が大きく見える。

平兵衛は逆八相にとると、刀身を寝かせて左肩に担ぐように構えた。虎の爪の構えである。

「妙な構えだ」

菅谷が逆八相の構えを見て訝しそうな顔をしたが、すぐに表情を消した。

「いくぞ！」

平兵衛がいきなり疾走した。

迅《はや》い！

一気に、平兵衛は斬撃の間境を越えた。

この鋭い寄り身に、菅谷は一歩退《ひ》いた。

すかさず、平兵衛は踏み込み、

イヤアッ！

裂帛の気合を発しざま、袈裟に斬り込んだ。迅雷の一撃である。

オオッ！

咄嗟に、菅谷が青眼から刀身を撥ね上げた。さすがに、菅谷の反応は迅かった。平兵衛の虎の爪の斬撃をはじいたのである。

キーン、と甲高い金属音がひびき、ふたりの眼前で青火が散り、刀身が上下に撥ね返った。

次の瞬間、平兵衛は刀身を返しざま、さらに袈裟に斬り込んだ。俊敏な反応である。

一瞬、菅谷は身を引いた。平兵衛の斬撃が迅く、受ける間がなかったのだ。

ザクリ、と菅谷の着物が裂けた。肩口から胸にかけて、あらわになった肌に血の線がはしり、血が噴いた。平兵衛の虎の爪の二の太刀が、菅谷をとらえたのである。

次の瞬間、菅谷は大きく後ろに跳び、平兵衛との間合をとると、ふたたび青眼に構えた。菅谷の胸が血で赤く染まっている。

だが、深手ではなかった。平兵衛の一撃は、菅谷の肌を薄く斬り裂いただけである。咄嗟に菅谷が身を引いたため、切っ先だけがわずかにとらえたのだ。

「これが、虎の爪か」

菅谷が平兵衛を見すえて言った。

菅谷に恐怖や怯えの色はなかった。手傷を負ったことで、かえって闘気が高まったのかもしれない。顔が赭黒く染まり、双眸が爛々《らんらん》とひかっている。猛虎のような形相である。

「よくかわしたな。だが、次はないぞ」

平兵衛は、菅谷の切っ先が小刻みに震えているのを見てとった。異様に高まった闘気と酒の酔いが、菅谷の体を顫わせているのである。

……闘気だけでは勝てぬ。

と、平兵衛は踏んだ。異様に高まった闘気は恐怖心を払拭し捨て身の攻撃を生むが、読みや一瞬の反応をにぶくする。

ふたたび、平兵衛は逆八相に構えた。

菅谷は青眼だが、切っ先をやや高くした。一瞬の斬撃を迅くするつもりのようだ。平兵衛の袈裟斬りの太刀を受けず、先《せん》をとって、斬り込んでくるかもしれない。

イヤアッ！

いきなり、平兵衛は裂帛の気合を発しざま疾走した。虎の爪の寄り身である。

一気に、斬撃の間境に迫った。

と、菅谷が反応した。

タアッ!

鋭い気合を発し、真っ向へ斬り込んできた。平兵衛より先に仕掛けたのである。

間髪をいれず、平兵衛が逆袈裟から刀身を撥ね上げた。

二筋の閃光がふたりの眼前で合致し、甲高い金属音とともに青火が散り、ふたりの刀身が撥ね返った。

瞬間、菅谷の正面があいた。

すかさず、平兵衛が刀身を返しざま袈裟に斬り込んだ。虎の爪の神速の太刀捌きである。

平兵衛の一撃が、菅谷の肩口をとらえた。

重い手応えがあり、菅谷の肩先から胸にかけて深く裂けて柘榴《ざくろ》のようにひらいた。

次の瞬間、ひらいた傷口から血がほとばしり出た。

菅谷はその場につっ立ったが、すぐに腰からくずれるように転倒した。深い傷である。

地面に仰臥《ぎようが》した菅谷は動かなかった。四肢が痙攣しているだけである。虎の爪の一撃が、菅谷の命を奪ったのだ。

菅谷は目を剝き、口をあんぐりあけたまま死んでいた。ひらいた傷口から、截断された鎖骨と肋骨が、猛獣の白い爪のように見えた。傷口からほとばしり出た血が、赤い布でおおうように菅谷の上半身を染めていく。

平兵衛は血刀をひっ提げたまま、菅谷の脇に立ち、ハァ、ハァと荒い息を吐いた。二度におよんだ虎の爪の激しい動きが、平兵衛の息を乱したのである。

……と、歳だわい。

平兵衛は胸の内でつぶやいた。

しだいに、平兵衛の顔から荒々しい表情が消え、いつもの好々爺《こうこうや》のようなおだやかな表情にもどっていく。

このとき、右京は勇造に迫っていた。すでに、峰七を斬り、勇造を守る子分は近くにいなかった。

「よ、よせ！」

勇造は恐怖に顔をひき攣《つ》らせて後じさった。匕首を突き出すように構えていたが、切っ先が震えている。

「観念しろ」

右京は八相に構え、摺り足で勇造との間合をつめた。

勇造はさらに下がったが、踵《かかと》が板塀に迫り、それ以上は下がれなくなった。

「ちくしょう！」

甲走った声を上げ、勇造が匕首を顔の前に突き出すように構えて飛び込んできた。追いつめられた者の捨て身の攻撃だった。

刹那、右京が刀を一閃させた。

甲高い金属音がひびき、勇造の匕首が虚空に飛んだ。右京の一撃が、勇造の匕首をはじいたのである。

勢い余った勇造が、たたらを踏むように泳いだ。

すかさず、右京は勇造に身を寄せながら斬り込んだ。

閃光が、勇造の首へはしった。

にぶい骨音がし、勇造の首がかしいだ。瞬間、勇造の首根から血が赤い帯のようにはしった。右京の一颯《いっさつ》が、勇造の首の血管《ちくだ》を斬ったのである。

勇造は血を噴出させながら泳ぎ、爪先を何かにひっかけて前につんのめるように転倒した。

地面につっ伏した勇造は手足は動かしていたが、いっときすると動かなくなった。

首根から流れ出た血が、地面を赤く染めていく。

右京は横たわっている勇造のそばに屈むと、血濡れた刀身を勇造の袖口で拭《ぬぐ》って納刀した。

そこへ、平兵衛と孫八が身を寄せてきた。

「右京、始末がついたな」

平兵衛が声をかけた。

「安田さんは、菅谷を斃したようですね」

そう言って、右京は菅谷の倒れている方へ目をやった。

「なんとかな」

勝負は紙一重だった。いま、菅谷でなく平兵衛が地面に横たわっていても何の不思議もない。

「虎の爪ですね」

右京は、虎の爪が平兵衛の必殺剣であることを知っていた。

そんなやり取りをしているところに、朴念、島蔵、嘉吉の三人が走り寄ってきた。

朴念は返り血を浴びて、凄まじい顔をしていた。大蛸のような頭や顔が赭黒く血に染まり、目玉がギョロギョロしている。

「子分たちは、始末したぞ」

朴念が興奮した面持ちで言った。

「うまくいったな。極楽屋の者は、みんな無事だ」

島蔵の顔には、満足そうな表情があった。島蔵も匕首をふるって、子分を斃したのであろう。右の袖口に血の色があった。

「引き上げよう。……陽が上ってきた」

平兵衛が東の空に目をやって言った。

東の空が黄金色にかがやいている。まだ、陽は見えなかったが、あちこちから表戸をあける音が聞こえてきた。すでに、江戸の町は動き出しているようである。

第六章　闇のなか

1

大川端の石段の陰に、ふたりの男が身をひそめていた。平兵衛と朴念である。石段の先には桟橋があった。数艘の猪牙舟が舫ってある。

陽は西の空にまわっていたが、大川沿いの道は通行人の姿が絶えなかった。

平兵衛は筒袖に軽衫姿だったが、朴念は目立たないように法衣を身につけ網代笠《あじろがさ》をかぶっていた。雲水《うんすい》のような格好である。

浅草駒形町。半町ほど先に、清水屋があった。平兵衛たちは、その場に身をひそめて源右衛門が来るのを待っていたのだ。

源右衛門は、清水屋にいるはずである。平兵衛たちは源右衛門が店から出てくるのを待って、襲うつもりだった。

平兵衛たちが元鳥越町の賭場を襲い、菅谷や勇造を斬ってから三日経っていた。平兵衛たちは賭場を襲ったその日のうちに、源右衛門を仕留めるつもりで駒形町に足を運び、この場に身をひそめて待ち伏せたのだ。

ところが、源右衛門は清水屋から出てこなかった。朴念は、清水屋へ踏み込むことを強く主張したが、

「そいつは、まずい」

と言って、島蔵がとめた。

清水屋は賭場とはちがう。客がいる。客が帰るのを待って襲ったとしても、住み込みの女中や料理人などが店に残っているだろう。それに、源右衛門の子分も何人かいるはずである。

しかも、清水屋は駒形町の賑やかな通りにあり、老舗《しにせ》の料理屋や船宿などが軒を連ねていた。客が帰った夜更でも、殺し人が何人もで踏み込んで斬り合いになれば、大騒ぎになるだろうし、その騒ぎのなかで、源右衛門を逃がす恐れもあったのだ。

「ともかく、源右衛門が出てくるのを待とう」

平兵衛が言うと、朴念も渋々承知したのである。

翌日からも、平兵衛たちはこの場に身をひそめて、源右衛門が店から出て来るのを待つことにした。ただ、賑やかな通りなので日中は仕掛けられない。そこで、孫八と

嘉吉が清水屋の近所で聞き込み、源右衛門の身辺を探ることになった。人通りのあるときに、源右衛門が店から出てくれば、平兵衛たちが跡を尾けることになるだろう。右京はこの場に来なかった。狙う相手は、源右衛門ひとりである。殺し人が三人もいてもできることはなかったし、このところ右京は長屋をあけることが多かったので、源右衛門殺しは遠慮したのだ。

「おい、孫八たちがもどってきたぞ」

朴念が網代笠を持ち上げながら言った。

見ると、孫八と嘉吉が小走りにやってくる。ふたりは、清水屋の近くで聞き込んでいたのである。

「源右衛門のやつ、清水屋から出る気配がありませんぜ」

孫八が息をはずませて言った。

「子分たちもいるのか」

平兵衛が訊いた。

「四、五人いるようでさァ」

孫八は、清水屋で下働きをしている竹助《たけすけ》という男に銭を握らせて訊いた、と前置きして話しだした。

ここ三日、源右衛門は清水屋の二階の奥座敷に居座り、店から出ないという。また、子分たちも、ふだんはひとりかふたりいるだけだが、四、五人も店で寝泊まりしているそうだ。

「賭場が襲われ、菅谷や勇造が始末されたのを知ったのだな」

源右衛門は、自分も襲われることを恐れて店から出ないのだろう、と平兵衛は思った。

「それに、源右衛門は、子分たちに腕の立つ牢人を探させているようですぜ」

脇から、嘉吉が言った。

「間をおけば、さらに源右衛門を斬るのは、むずかしくなるな」

「どうしやす」

孫八が戸惑うような顔をして訊いた。これ以上、源右衛門のことを探っても無駄なような気がしたのかもしれない。

「ところで、源右衛門だが、元鳥越町の他でも賭場をひらいていたのか」

元鳥越町の賭場を政蔵にまかせていたということは、他にも賭場があるからだろう、と平兵衛は踏んだのである。

「はっきりしたことは、分からねえが、佐久間町《さくまちょう》に賭場があると聞いた覚えがありやす。それに、柳橋にも源右衛門の情婦《いろ》がいるらしいんでさァ」

孫八によると、そのことも竹助から聞いたという。

「あっしも、情婦のことは聞きやしたぜ」

嘉吉が、口をはさんだ。

「清水屋の近くに、多賀屋《たがや》ってえ船宿がありやしてね。そこの船頭から聞いたんだが、柳橋にある亀田屋《かめだや》ってえ料理屋の女将が、源右衛門の情婦らしいと言ってやしたぜ」

政蔵も柳橋の小料理屋に情婦がいたが、ときおり亀田屋に足を運んで源右衛門と会っていたらしいという。

「源右衛門ほどの親分なら、情婦がふたりいてもおかしくはないな」

平兵衛が言った。

「子分も、まだまだいるってことか」

朴念が渋い顔をした。

「そうだな」

次に口をひらく者がなく、その場が静まると、大川の流れの音と桟橋の杭を打つ水音が急に大きく聞こえだした。

平兵衛は虚空に視線をとめて黙考していたが、

「源右衛門をおびき出すか」

と、朴念たちに顔をむけて言った。

「おびき出すだと」

朴念が身を乗り出すようにして訊いた。

「ほかにも塒があり、子分たちもいるなら、源右衛門は清水屋にこだわらなくともいいはずだ」

「まァ、そうだ」

「清水屋があぶないと思えば、他の塒に移るのではないかな。そのときを襲えば、店の外で源右衛門を斬れる」

平兵衛は自分の策をかいつまんで話し、

「孫八、竹助という男と会えるか」

と、訊いた。

「暮れ六ツ（午後六時）過ぎなら、長屋に帰っているはずでさァ」

孫八によると、竹助は材木町にある長屋から通いで清水屋に勤めているそうだ。

「それなら、孫八に頼もう。うまく竹助に話して、源右衛門の耳に入れてくれ」

平兵衛は、竹助に話す内容を孫八に伝えた。

「承知しやした」

そう応えて、孫八はいっとき考え込んでいたが、

「嘉吉、手を貸してくれねえか」

と、声をかけた。

「おれにできることなら、なんでもやるぜ」

嘉吉が声を大きくして言った。

2

孫八と嘉吉は、陽が沈み始めたころ材木町に足を運んだ。浅草材木町は駒形町と隣接し、大川沿いにひろがっている町である。

大川端沿いの道を歩きながら、

「長屋の名は、分かっているのか」

と、嘉吉が訊いた。

「たしか、八兵衛店《はちべえだな》だったな」

孫八が首をひねりながら言った。はっきりしないのかもしれない。

「どの辺りにあるんだ？」

「そこまでは、聞いてなかったな」

孫八は、ともかく通り沿いの店に立ち寄って訊いてみよう、と小声で言い添えた。

材木町に入って一町ほど歩いたとき、道沿いに酒屋があるのを目にし、

「この店で訊いてみるか」

と孫八が言って、すぐに店に入っていった。

孫八は店の奉公人らしい若い男に何やら訊いていたが、いっときするともどってきた。

「だめだ、竹助のことも八兵衛店のことも知らねえ」

孫八が渋い顔をして言った。

それから、さらに数町歩き、今度は瀬戸物屋の店先にいた五十がらみの親爺に、

「八兵衛店を知ってるかい」

と、孫八が訊いた。

「八兵衛店なら、この先だよ」

親爺によると、二町ほど行くと舂米屋《つきごめや》があり、その脇の路地木戸を入った先に八兵

衛店はあるという。

「親爺、助かったぜ」

思わず、孫八は声を上げた。こんなに早く分かるとは、思わなかったのだろう。

行ってみると、小体な春米屋があった。その脇に路地木戸がある。念のために、春米屋の親爺に訊くと、八兵衛店だという。

「長屋に行ってみるか」

嘉吉が言った。

「長屋へ行くこたァねえ。それに、まだ、竹助はいねえはずだ」

竹助は、暮れ六ツ（午後六時）の鐘が鳴ってから清水屋を出ると言っていた。まだ、暮れ六ツの鐘は鳴っていない。それに、清水屋から長屋に帰るおりに、この道を通るはずである。ここで待てば、竹助が通りかかるだろう。

孫八と嘉吉は、春米屋の斜向かいの川岸に立ったまま竹助を待った。いっときすると、暮れ六ツの鐘が鳴り、春米屋が表戸をしめて店仕舞いしたので、ふたりは店の軒下に移動した。

暮れ六ツが過ぎると、大川端の通りは急に寂しくなった。人影もまばらである。春米屋の軒下には、淡い夕闇が忍び寄っている。

それから、小半刻（三十分）ほど過ぎた。

「おい、来たぞ」

孫八が声を上げた。

大川端の通りを、小柄な男がひとりやってくる。初老であろうか、すこし背が丸まっていた。ただ、足は速く、せかせかした足取りで近付いてくる。

孫八と嘉吉は春米屋の軒下から通りに出た。

竹助は孫八たちのそばまで来ると、驚いたような顔をして足をとめた。色の浅黒い、丸顔の男だった。鬢や髷に白髪が混じっている。

「とっつァん、待ってたぜ」

孫八が声をかけた。

「おめえか。一昨日《おととい》は、すまなかったな」

竹助が、首をすくめるようにして薄笑いを浮かべた。孫八が渡した袖の下のことを言ったようである。

「おめえから、八兵衛店に住んでると聞いてたのでな、ここで待ってたのよ。……この辺りを通りかかったのでな」

「おらに、何か用けえ」

竹助が訝しそうな顔をした。

「用ってことじゃァねえが、ちょいと気になることを小耳にはさんだんでな」

孫八はそう言うと、脇に立っている嘉吉に顔をむけて、

「こいつは、与之助《よのすけ》ってえ船頭だ」

と、言った。むろん、与之助は偽名である。

「へえ、それで、何が気になるんだい」

竹助が嘉吉に顔をむけた。

「おめえ、清水屋で働いてるそうだな」

嘉吉が訊いた。

「へい」

「おれは、諏訪町にある船宿の船頭をしてるんだが、清水屋のことで気になることを耳にしたのよ」

嘉吉がもっともらしい顔をして言った。

「清水屋の旦那は、源右衛門という名だそうだな」

「そうでさァ」

竹助が、チラッと孫八の方へ目をむけた。一昨日、孫八に源右衛門のことを訊かれ

たからであろう。

「昨日のことなんだが、おれが桟橋にとめてある猪牙舟《ちょき》に客用の茣蓙《ござ》を敷いてたんだ。すると、桟橋の隅から話し声が聞こえてきたのよ。うろんな牢人がふたりいてな、話してたんだが、ひとりが、こうなったら清水屋に押し入って、源右衛門を斬っちまおうって、口にしたのよ」

「店に押し入って、旦那を斬るってか」

竹助が驚いたように目を剝いた。

「それだけじゃァねえぜ。いっしょにいた若い牢人がな、押し入るのは面倒だから、客がいなくなってから店に火をつけて、飛び出してきたところを斬っちまえばいい、と言ってたぜ」

「ひ、火をつけるだと」

竹助が声をつまらせて訊いた。

「ああ」

「ほ、ほんとかい」

「なんで、おれが嘘をつくんだ。ふたりの牢人の仲間かどうか分からねえが、そばに坊主みてえな図体のでけえやつもいたな」

嘉吉は、それとなく、朴念のことも匂わせたのだ。源右衛門が耳にすれば、平兵衛たち殺し人が集まって相談してたと思うだろう。

「店に火をつけると聞いちゃァ、放っておけねえ。それで、おめえのことを思い出して、こうして話しているのよ」

脇から、孫八が言った。

「こいつは、てえへんだ」

竹助が顔をこわばらせた。

「竹助、どうするんだい？」

「だ、旦那の耳に入れておかねえと……」

竹助が慌てた様子で踵《きびす》を返した。

孫八は、竹助が来た道を足早にもどるのを見ながら、

「これで、大狸も巣穴から這い出してくるだろうよ」

と、目をひからせて言った。

3

大川端は夜陰につつまれていた。星空だったが、流れ雲に月が隠れて闇が深くなっていた。黒い川面が、夜陰のなかにかすかに識別できるだけである。桟橋の杭を洗う流れの音と、舫ってある猪牙舟が流れに船底をたたかれる音が絶え間なく聞こえてくる。

すでに、町木戸のしまる四ツ（午後十時）を過ぎていた。平兵衛と朴念は桟橋につづく石段に腰を下ろしていた。

「今夜あたり、源右衛門が姿を見せてもいいんだがな」

朴念が生欠伸《なまあくび》を噛み殺しながら言った。

孫八と嘉吉が竹助に会い、清水屋を襲う情報を流して三日目だが、まだ、源右衛門は店から出てこなかった。

「わしも、今夜あたりだとみている」

平兵衛が言った。

孫八と嘉吉は、一昨日から清水屋の動きを見張っていた。それによると、一昨日から、夜が更けると、源右衛門の手先らしい男が、店のまわりにうろんな者がいないか見張っているそうだ。

おそらく、源右衛門は店への襲撃や火をつけられることを恐れ、子分たちに見まわりをさせているのだろう。

ただ、夜通しの見張りは長続きしないはずだ。それに、源右衛門にすれば、ひそかに他の隠れ家に身を隠した方が安心できるだろう。そうしたことから、ちかいうちに源右衛門は店から出ると、平兵衛は踏んでいたのだ。

「おい、足音がするぞ」

朴念が立ち上がって通りの先に首を伸ばした。

夜陰が深く、人影は見えなかった。足音だけが近付いてくる。

「孫八のようだな」

平兵衛は足音に聞き覚えがあった。

足音が近付くと、夜陰のなかに黒い人影がぼんやりと見えてきた。やはり、孫八である。

孫八は平兵衛たちに近付くと、

「旦那、源右衛門が動くかもしれやせんぜ」

と、低い声で言った。夜陰のなかで、双眸が底びかりしている。

「何か、動きがあったか」

「へい、今夜は、子分たちが店の見まわりに出てこねえんでさァ」

「今夜、源右衛門は店を出るかもしれんな」

夜陰にまぎれて、別の塒に移るかもしれない、と平兵衛は思った。

「嘉吉はどうした」

朴念が訊いた。

「清水屋を見張っていまさァ」

孫八によると、嘉吉は清水屋の近くに残って見張っているそうだ。

「ともかく、待とう」

平兵衛は今夜が勝負のような気がした。

それから、さらに半刻(一時間)ほどが過ぎた。

夜陰のなかに、小走りに近付いてくる足音が聞こえた。

「嘉吉が来やした」

孫八が言った。

嘉吉は平兵衛たちのそばに走り寄ると、

「源右衛門が店を出やした」

と、昂《たかぶ》った声で言った。

「子分は？」

「四人いやした」

「四人か。……孫八と嘉吉に、手を貸してもらわねばならんな」

平兵衛は、無理をせず、子分の足をとめておくだけでいい、と言い添えた。源右衛門を始末してしまえば、子分たちは逃げてもかまわないのだ。

「承知しやした」

孫八がけわしい顔で言い、嘉吉もうなずいた。

「おい、提灯の灯《ひ》が見えるぞ」

朴念が言った。

夜陰のなかに、ぽつんと提灯の灯が見えた。源右衛門たちがこちらに近付いてくるようだ。おそらく、柳橋にある料理屋にむかうのではあるまいか。

しだいに提灯の灯が近付き、数人の足音も聞こえてきた。話し声はしなかった。源右衛門たちも警戒しているのだろう。

提灯の灯のなかに、黒い人影が浮かび上がっている。五人だった。羽織姿のでっぷり太った大柄な男が、源右衛門らしい。

平兵衛たちは息をつめて、源右衛門たちが近付くのを待った。朴念は右腕に手甲鈎を嵌めている。

平兵衛は来国光を抜き、刀身がひからないように後ろに引いた。孫八と嘉吉も匕首を手にしている。

源右衛門たちが、平兵衛たちの前にさしかかった。

「行くぞ」

平兵衛が小声で言って飛び出した。

朴念、孫八、嘉吉が、いっせいに走り出た。孫八と嘉吉は、すばやく提灯の灯の後ろにまわり込む。

「だ、だれだ！」

提灯を手にしていた若い男が、甲走った声を上げた。

提灯の灯が揺れた。黒い人影が交差し、源右衛門のまわりに走り寄った。子分たちである。

平兵衛は低い八相に構え、無言のまま源右衛門に近付いていく。朴念も脇から源右衛門に迫った。

「こ、殺し人か」

源右衛門が、ひき攣《つ》ったような声を上げた。頬や顎のたるんだ大きな顔が、提灯の明りのなかでゆがんでいる。

「地獄の鬼だよ」

平兵衛が低い声で言った。

平兵衛の顔がぼんやりと浮かび上がった。顔がひきしまり、提灯の灯を映した双眸が熾火《おきび》のようにひかっている。

「人斬り平兵衛か……」

源右衛門が顔をゆがめて後じさった。殺し人に対する憤怒と恐怖の入り交じったような顔である。

そのとき、源右衛門の脇にいた大柄な男が、

「やろう！」

と一声叫び、手にした匕首を胸の前に構えて迫ってきた。

他の子分たちも、匕首を取り出した。夜陰のなかで、男たちの手にした匕首がにぶくひかっている。

提灯が激しく揺れた。ひかりと夜陰が掻き乱れて、立っている男たちの姿を切り刻

むように揺れ動いた。

「やっちまえ！」

源右衛門が叫ぶと、大柄な男がつっ込んできた。

平兵衛は、大柄な男が間合に迫るや否や踏み込みざま刀身を横にはらった。

キーン、と甲高い金属音がひびき、男の手にした匕首がひかりの筋をひいて闇に消えた。平兵衛が匕首を撥ね上げたのである。

勢い余って大柄な男が前に泳いだ。

そのとき、提灯を手にした男が、提灯を路傍に投げ捨てた。懐から匕首を取り出したらしい。

ボッ、と提灯が燃え上がり、闇の幕をひらくように辺りが急に明るくなった。

その炎の明りのなかに、平兵衛の姿が夜走獣のように浮かび上がった。大柄な男にはかまわず、源右衛門に迫っていく。

「こいつを、殺せ！」

源右衛門が叫びざま、憤怒の形相で後じさった。

「逃がさぬ！」

平兵衛が源右衛門に身を寄せ、八相から袈裟に斬り込んだ。

ギラッ、と平兵衛の刀身が炎を映して血のような色にひかった。

次の瞬間、源右衛門が絶叫を上げて身をのけ反らせた。首筋から、火花のように血が飛び散った。平兵衛の一刀が、源右衛門の首筋をえぐったのである。

源右衛門が、獣の吼えるような声を上げてよろめいた。

提灯の炎が急速に衰え、黒い幕でとざしていくように闇が辺りをつつんでいく。その闇のなかに、源右衛門は頭からつっ込むように倒れた。

平兵衛は源右衛門のそばに駆け寄った。

源右衛門は、首筋から血飛沫を散らしながら四つん這《ば》いになっていた。低い蟇《ひき》の鳴くような呻き声を上げている。

「地獄へ行け！」

平兵衛が源右衛門の背に刀身を突き刺した。

グッ、と喉のつまったような呻き声を上げ、源右衛門は四つん這いになったまま背を反らせた。

平兵衛は刀身を引き抜いた。

源右衛門の背から血がほとばしり出た。切っ先が心ノ臓を突き刺したらしい。

数瞬、源右衛門は四つん這いの格好のままだったが、顎を前に突き出すようにして腹這いになった。

伏臥した源右衛門は、闇のなかで手足を動かしていたが、いっときすると動かなくなった。絶命したようである。

平兵衛は朴念たちの方に目を転じた。提灯の炎は消え、あたりは深い闇にとざされていた。闇のなかで、黒い人影が交差し、怒号や悲鳴がひびいた。わずかな星明りに、男たちのふるう匕首が、にぶい銀色のひかりをはなっている。

「源右衛門は、仕留めたぞ！」

平兵衛が声を上げた。

子分たちを逃がそうと思ったのだ。暗闇のなかでの闘いである。朴念たちが、命を落とさないともかぎらないのだ。

「親分が、殺《や》られた。逃げろ！」

提灯を持っていた若い男が声を上げて、走りだした。

つづいて、孫八と対峙していた男が後じさりして駆けだし、朴念の前にいた男も反転して逃げだした。

もうひとり大柄な男が、川岸近くでうずくまっていた。苦しげな唸《うな》り声を上げている。朴念の手甲鈎の一撃をあびたのであろう。

「旦那、やりやしたね」

孫八が平兵衛のそばに走り寄ってきた。

「やっと、けりがついたな」

平兵衛は、源右衛門を仕留めたことで始末がついたと思った。

「あの男はどうする？」

朴念が平兵衛に身を寄せ、川岸で唸っている男に目をやった。

「助かりそうか」

「だめだ。頭がつぶれている」

朴念が首を横に振った。

「ならば、とどめを刺してやろう」

平兵衛は、うずくまっている男の背後に近付く、背から刀身を突き刺した。心ノ臓を刺したのである。

男はすぐに動かなくなった。

「死骸《ほとけ》を川に流してやろう。それが、供養だ」

朴念が、もっともらしい顔をして言った。

平兵衛たちは、源右衛門と大柄な男の死体を桟橋まで運び、大川に投じた。おそらく、ふたりの死体は引き揚げられることなく、江戸湊の底に沈むだろう。

「極楽屋で、一杯やろう」

平兵衛が言った。

4

腰高障子に西陽が当たり、ほんのりと蜜柑《みかん》色に染まっていた。七ツ（午後四時）ごろであろうか。平兵衛は、上がり框のそばに胡座をかき、ひとりで茶を飲んでいた。

昼食を終えてから、平兵衛はしばらく刀を研いでいたが、肩が凝《こ》ったので一休みしていたのである。

今日はめずらしく火鉢に炭を熾《おこ》し、鉄瓶をかけて湯を沸かしていたので、茶を淹れることができたのだ。

そのとき、戸口に近付く足音がした。ふたりらしい。下駄と草履の音である。

腰高障子にふたつの人影が映った。女と男のようだ。

「父上、いますか」

まゆみの声がした。

「入ってくれ」

平兵衛が声をかけると、すぐに腰高障子があいた。

顔を出したのはまゆみと右京だった。

「そこまで来たので、寄ってみたの」

まゆみはそう言うと、上がり框に腰を下ろした。

右京は平兵衛にちいさく頭を下げると、まゆみの脇に膝を折った。平兵衛は、座敷に上がれとは言わなかった。薄暗い座敷より、陽の射した明るい戸口の方が居心地がよかったのである。

「茶を淹れよう」

そう言って、平兵衛が腰を上げると、

「父上、わたしが淹れる」

まゆみが、すぐに土間の隅の流し場に立った。

まゆみは平兵衛と暮らしていたとき、炊事洗濯などの家事をいっさい引き受けていたので、茶道具がどこにあるか知っていた。

平兵衛は苦笑いを浮かべて腰を下ろすと、

「どうだ、変わりないか」

と、右京とまゆみに目をむけて言った。ふたりの暮らしぶりを訊いたのである。

右京は笑みを浮かべて黙っていたが、まゆみが湯飲みを流し場で洗いながら、

「右京さま、ちかごろ家に早く帰ってくれるんです」

と、はずんだ声で言った。

「剣術指南に、遠くまで行かなくなったからかな」

平兵衛はもっともらしい顔をして言った。

平兵衛たちが源右衛門を始末して半月ほど経っていた。その後、平兵衛も右京も殺しに手を染めていなかったのだ。

まゆみは湯飲みと急須を盆に載せて火鉢のそばに行くと、鉄瓶の湯を急須についだ。まゆみの手元から白い湯気が立ち上っている。

「父上、おしげさんは、よく話しに来るの」

まゆみが、急須で茶を湯飲みにつぎながら訊いた。

「ときどきな」

「今日は来ないの？」

まゆみが急須で茶をつぐ手をとめて訊いた。

「おい、おしげは働きに出ているのだぞ。遊んでいたら、暮らしてはいけんよ」

おしげは、近所の一膳めし屋の小女として働きに出ていた。ただ、店の忙しくなる九ツ（正午）ごろからと、七ツ（午後四時）過ぎからのそれぞれ一刻（二時間）ほどらしい。店からの手当てはわずかで、独り身のおしげもそれだけでは食っていけず、娘の嫁ぎ先からの合力があるようだ。

まゆみは茶の入った湯飲みを右京の膝の脇に置くと、平兵衛の湯飲みにも急須で茶をつぎたしながら、

「ねえ、父上」

と、小声で言った。

「何かな」

「夕餉の支度は、まだなんでしょう」

「まだだ」

めしも炊《た》いてなかった。一休みしたら、めしを炊こうと思っていたところである。

「三人でいっしょに食べない。あたしが、夕餉の支度をするから」

まゆみが、平兵衛と右京に目をむけながら言った。

すると、右京が湯飲みを手にしたまま、

「そういえば、三人で食べたことがありませんね」

と、目を細めて言った。

「わしに異存はないが……。菜《さい》は何もないぞ」

味噌ぐらいしかないだろう。平兵衛はめしだけ炊き、味噌を菜にして食べようと思っていたのだ。

「父上の好物の煮染を買ってきましょうか。煮染は、右京さまも好きなんです」

そう言って、まゆみが目をかがやかせた。

「それはありがたい」

まゆみの作る夕餉の味は、格別であろう。その上、まゆみと右京もいっしょに食べるというのだ。

「表通りまで、行ってきます」

まゆみは、すぐに立ち上がった。表通りにある煮染屋に行くつもりらしい。

まゆみが腰高障子をあけて外へ出て行くと、右京が湯飲みを手にしたまま、

「その後、極楽屋に行きましたか」

と、訊いた。いつもの表情のない顔にもどっている。

「三日前にな」

平兵衛は、源右衛門の子分たちや町方の動きが気になって、様子を訊きに極楽屋へ

行ってみたのだ。

「何か動きがありましたか」

右京も、気になっていたらしい。

「いや、ない。町方も動いてないようだ」

島蔵によると、その後、孫八や嘉吉に頼んで、元鳥越町の賭場や清水屋に探りを入れたが、源右衛門の子分は姿を消したらしい。賭場はとじたままで人影はなく、清水屋は商売をつづけていたが、子分たちが立ち寄った様子はないという。

町方も、源右衛門と子分の死体が揚がらなかったこともあり、探索はしてないようである。

「すっかり始末がついたわけですか」

平兵衛は、まゆみがつぎ足してくれた茶をすすった。

「そうだな」

「なァ、右京」

平兵衛が声をあらためて言った。

「殺し人から、足を洗う気はないか」

平兵衛は、できれば右京に殺し人から足を洗ってもらいたかった。右京とまゆみ、ふたりのためである。

「……」

右京は膝先に視線を落としただけで何も言わなかった。

「このまま、まゆみを騙《だま》しつづけることはできんぞ」

いつか、まゆみは右京が殺し人であることを知ることになるだろう。

「やはり、駄目ですか。義父上のようには、うまくいきませんかね」

右京は、平兵衛がまゆみに殺し人と気付かせずに、長くいっしょに暮らしてきたことを言ったのである。

「無理だな。……まゆみは、わしの子供だった。いまのまゆみは、右京の妻だ。夫婦の間での隠し事はむずかしい」

まゆみは妻として右京の外見だけなく、心の内の微妙な変化まで感じ取るはずである。

「ですが、殺し人をやめたら暮らしていけません」

右京が力なく言った。

「殺し人はやらなくとも、仕事はある。それも、剣の腕を生かしてな」

「何です？」

「用心棒だ」

「用心棒ですか」

右京が聞き返した。

「島蔵が、口入れ屋をしていることは知っているな。ときおり、用心棒の依頼もあるようだ。……用心棒といっても、賭場ではないぞ。料理屋や商家などが因縁をつけられたり、強請《ゆす》られたりしたとき、顔を出して話をつければいいようだ」

「殺し人と変わりませんね」

右京は、あまり乗り気ではないようだった。

「いや、ちがう。……相手はならず者や徒牢人《いたずらろうにん》で、店がわに理不尽な要求をしてくる輩《やから》だ。いわば、人助けだよ。それに、町方を気にすることもない」

肝心なことは、殺し人はいつ殺されるか分からないが、用心棒は殺し人ほど身に危険がないということだ。

「そうですか」

右京は首をひねった。まだ、その気にならないようだ。

「まゆみには、頼まれて談判に同席したと言えばいいだろう。……どうだ、一度やってみたら。気に入らなかったら、やめればいいのだ。なんなら、わしがいっしょにやってもいいぞ」

平兵衛はすこしむきになっていた。

「それなら、やってみましょう」

右京は承知した。

ふたりの話が終わったとき、都合よくまゆみが帰ってきた。まゆみは煮染の入った丼を流し場の棚に置くと、

「ご飯を先に炊きましょうね」

そう言って、袂から襷《たすき》を取り出して袖を絞ると、竈《かまど》のそばに屈み込んだ。どうやら、まゆみは平兵衛の家で夕餉を作るつもりで、襷まで持参したらしい。

「まゆみ」

平兵衛が声をかけた。

「なに」

「右京と話してたのだがな。これからは、遠出の剣術指南はやめるそうだよ。右京は、まゆみを夜ひとりにしておくのが心配なようだ」

平兵衛がそう言うと、

「ほんと?」

まゆみが振り返り、右京に目をやった。

「ああ、それに、危ない稽古もやめるよ」

右京が戸惑うような微笑を浮かべて言った。

竈の前に屈んだまゆみが、

「よかった……」

とつぶやき、嬉しそうな笑みを浮かべた。襷がけであらわになった腕が、白くかがやいている。

平兵衛は、竈の前に屈んでいるまゆみの後ろ姿に、娘のころとはちがう色香を感じた。女として成熟した美しさである。同時に、まゆみが自分の許から巣立ち、新たな道を歩んでいることをあらためて自覚し、一抹《いちまつ》の寂しさを覚えた。父親としては、喜ぶべき寂しさなのかもしれない。

一〇〇字書評

切り取り線

酔剣

購買動機（新聞、雑誌名を記入するか、あるいは○をつけてください）

□（　　　　　　　　　　）の広告を見て
□（　　　　　　　　　　）の書評を見て
□ 知人のすすめで　　　　□ タイトルに惹かれて
□ カバーが良かったから　□ 内容が面白そうだから
□ 好きな作家だから　　　□ 好きな分野の本だから

・最近、最も感銘を受けた作品名をお書き下さい

・あなたのお好きな作家名をお書き下さい

・その他、ご要望がありましたらお書き下さい

住所	〒				
氏名		職業		年齢	
Eメール	※携帯には配信できません	新刊情報等のメール配信を 希望する・しない			

この本の感想を、編集部までお寄せいただけたらありがたく存じます。今後の企画の参考にさせていただきます。Eメールでも結構です。

いただいた「一〇〇字書評」は、新聞・雑誌等に紹介させていただくことがあります。その場合はお礼として特製図書カードを差し上げます。

前ページの原稿用紙に書評をお書きの上、切り取り、左記までお送り下さい。宛先の住所は不要です。

なお、ご記入いただいたお名前、ご住所等は、書評紹介の事前了解、謝礼のお届けのためだけに利用し、そのほかの目的のために利用することはありません。

〒一〇一 - 八七〇一
祥伝社文庫編集長　加藤　淳
電話　〇三（三二六五）二〇八〇

祥伝社ホームページの「ブックレビュー」からも、書き込めます。
http://www.shodensha.co.jp/bookreview/

祥伝社文庫

酔《すい》剣《けん》 闇《やみ》の用心棒《ようじんぼう》

平成23年4月20日　初版第1刷発行

著　者　鳥羽《とば》亮《りょう》
発行者　竹内和芳
発行所　祥伝社《しょうでんしゃ》
東京都千代田区神田神保町3-6-5 九段尚学ビル
〒101-8701
電話　03（3265）2081（販売部）
電話　03（3265）2080（編集部）
電話　03（3265）3622（業務部）
http://www.shodensha.co.jp/
印刷所　萩原印刷
製本所　関川製本
カバーフォーマットデザイン　中原達治

Printed in Japan ©2011, Ryō Toba ISBN978-4-396-33664-6 C0193

祥伝社文庫　今月の新刊

鳥羽　亮　**酔剣**　闇の用心棒
老刺客対侠客の用心棒、どちらの酔剣が勝つのか!?

南原幹雄　**江戸おんな八景**
恋に生き、殉ずる江戸市井の女を流麗な文体で描破する。

今井絵美子　**泣きぼくろ**　便り屋お葉日月抄
どんな逆境にも、明るくひたむきなお葉の心意気を描く!

藤井邦夫　**死に神**　素浪人稼業
死に神に取り憑かれた若旦那を守れ!?　心温まる時代小説。

岳　真也　**捕物犬金剛丸**　深川門仲ものがたり
すべての犬好き歴男歴女に捧ぐ江戸初の捕物犬、出動!

沖田正午　**覚悟しやがれ**　仕込み正宗
武者姿の美しい妹も登場し、魅力的な人物が光る捕物帖。

岡本さとる　**若の恋**　取次屋栄三
人と人とを結ぶ〝取次屋〟にあなたもたちまち虜に!?

坂岡　真　**火中の栗**　のうらく侍御用箱
乱れた世にこそ、桃之進!　庶民を苦しめる悪を両断!

鳥羽　亮　新装版　**悲恋斬り**　介錯人・野晒唐十郎
女の執念、武士の意地…。死に際で邂逅する悲哀――

鳥羽　亮　新装版　**飛龍の剣**　介錯人・野晒唐十郎
お家騒動を引き起こす妖刀を巡り、様々な刺客と相対す。